J.K.ローリング&スティーブ・クローブス

日本語版監修・翻訳 松岡佑子

ファンタスティック
ビースト
とダンブルドアの秘密

**映画オリジナル
脚本版**

静山社

Original Title:
Fantastic Beasts: The Secrets of Dumbledore
The Original Screenplay

Text © 2022 J.K. Rowling
All characters and elements © & ™Warner Bros, Entertainment Inc.
Publishing Rights © JKR.(s24)

All rights reserved. Published by Scholastic Inc., Publishers since 1920. SCHOLASTIC and associated logos are trademarks and/or registered trademarks of Scholastic Inc.

The publisher does not have any control over and does not assume any responsibility for author or third-party websites or their content.

No part of this publication may be reproduced, stored in a retrieval system, or transmitted in any form or by any means, electronic, mechanical, photocopying, recording, or otherwise, without written permission of the publisher.

This book is a work of fiction. Names, characters, places, and incidents are either the product of the author's imagination or are used fictitiously, and any resemblance to actual persons, living or dead, business establishments, events, or locales is entirely coincidental.

Japanese dubbing for the Warner Bros. motion pictures translated by Keiko Kishida

Translation of the original screenplay for publication by Yuko Matsuoka

まえがき　デイビッド・イェーツ
4

ファンタスティック・ビーストと
ダンブルドアの秘密
映画オリジナル脚本版
7

映画用語集
270

キャスト、クルー
271

作者について
272

J.K.ローリングの作品について
273

日本語版監修・翻訳　松岡佑子

まえがき

「ファンタスティック・ビーストとダンブルドアの秘密」でJ・K・ローリングの魔法の世界に戻ってきて、創作面ではワクワクさせられたし、業務の調整や実施面ではチャレンジだった。というのも、製作が始まったのが世界的なパンデミックと同時期だったからだ。大部分の作業は、ロンドンの北に位置するハートフォードシャーのリーブスデン・スタジオで行われた。スチュアート・クレイグと彼のずば抜けたアート部門チームは、COVID-19のせいで様々な旅行制限に阻まれ、スタジオ内にベルリン、ブータン、中国の魔法版を作り上げた。さらに以前に使った魔法界の物語や映画から、最も記憶に残るセットのいくつかを復元した。例えばホッグズ・ヘッド、必要の部屋、ホグワーツ校そのものなどだ。ジョー（ローリング）とスティーブのシナリオは、古いものと新しいものの間

を巧みに移動し、時代に即した政治的な話と魅力的で感動的な要素をうまく調和させている。物語の芯として、ジョーが長いこと愛しんできたキャラクターの一人、アルバス・ダンブルドアが、現在の危機と過去の後悔とに取り組み、一方、ニュート・スキャマンダーはグリンデルバルドが権力を握るのを阻止するミッションを率いる。

世界が奇妙な冬眠状態にあった何か月もの間、我々はジョーとスティーブの言葉を解釈し、スクリーンで表現する仕事をした。

「ダンブルドアの秘密」では、危険な時代が危険な人物を好む状況の中で、ダンブルドア、ニュート、そして二人が集めた仲間たちが、勇気と粘り強さで、この百年来最も危険な魔法使いを相手に戦い、どんなに勝利の可能性が低くとも、最後にはやはり光と愛が勝つという期待を持たせてくれる。

2022年3月22日

デイビッド・イェーツ

シーン1　屋内　地下鉄の車中――日中

ちらちら明滅する明かりの中で、乗客たちが黙って座っている。カメラはゆっくりと動き、吊革につかまって電車の揺れと一緒に揺れ動いている男性をとらえる。顔は見えないが、小粋な角度にかぶった帽子はどこかで見たような感じがする。

シーン2　屋外　駅――直後――日中

電車が停車し、ドアが開く。降りてくる乗客たちに混じって、帽子の男性も出てくる。

シーン3 屋外 地下鉄ピカデリー・サーカス駅——直後——日中

帽子の男性が、地下鉄駅から明るい地上に出てきて、ほかの乗客から離れる。あたりをちらりと見まわしてから歩き始める。

シーン4 屋内 カフェ——日中

混みあって騒がしい店内。黒髪をボブスタイルにしたウェイトレスがカメラの視界に入ってくる。カメラは、店内を優雅に縫って進む彼女と一緒に、奥に近い席に行く。ウェイトレスが熱い飲み物をテーブルに置く。そこにいるのは帽子の男性、ダンブルドアだ。

ダンブルドア　ありがとう。

ウェイトレス　ほかにご注文は?

ダンブルドア　いや、今はいい——人を待っている。

（眉根を寄せる）もう来るはずだ。

ウェイトレスは頷いて背を向ける。ダンブルドアはその後ろ姿を見送り、紅茶に砂糖を入れてかき回す。それから頭を後ろにそらして目を閉じる。カメラはその姿に固定。やがて……ダンブルドアの顔に光が当たる。

ダンブルドアは目を開けて、テーブルの脇に立っている男を注意深く見る——グリンデルバルドだ。

グリンデルバルド　ここが君の行きつけか?

ダンブルドア 行きつけなどない。

グリンデルバルドは一瞬ダンブルドアを観察し、テーブルの向かい側の椅子に座る。

グリンデルバルド 見せてくれ。

ダンブルドアはグリンデルバルドをじっと見て、ゆっくりと手を出し、「血の誓い」の小瓶を見せる。彼の手の中で、小瓶の鎖が、まるで生きているように、指の間で動く。

ダンブルドア

グリンデルバルド 今でも時々、それを首すじに感じる。何年も首にかけていたからね。君の首すじではどんな感じがする？

ダンブルドア お互いにそれから解放されよう。

グリンデルバルドはその言葉を無視して、カフェを見回す。

グリンデルバルド　おしゃべりが好きだな、マグルたちは。しかし、奴らがうまい紅茶をいれるのは認める。

ダンブルドア　君の行動はまともじゃない。

グリンデルバルド　そうしようと、二人で言ったことだ。

ダンブルドア　若気の至りだ。私は——

グリンデルバルド　——誓った。私に対して。お互いに対して。

ダンブルドア　いや、賛同した理由は——

グリンデルバルド　理由は？

ダンブルドア　君を愛していた。

二人はじっと見つめあう。ダンブルドアがまた目をそらす。

グリンデルバルド　そうだな。しかしそれが賛同の理由じゃない。世界を変えよ

うと言ったのは君だった。我々の生まれながらの権利だと。

グリンデルバルドは目をやや閉じて、椅子の背に寄りかかり、息を吸う。

グリンデルバルド 臭うだろう？ この悪臭。こんなけだものたちのために、自分の仲間に背を向けるつもりか？

ダンブルドアの目が動き、グリンデルバルドの冷酷なまなざしをとらえる。

グリンデルバルド 君と一緒だろうとなかろうと、アルバス、私はやつらの世界を焼き尽くす。私を止めようとしても、君には何もできない。紅茶を楽しみたまえ。

グリンデルバルドが去ると、低い雑音が戻ってくる。ダンブルドアは、テーブルの固い表面の上で小刻みに震える紅茶カップをじっと見ている。カップの中で

揺(ゆ)れる紅茶(こうちゃ)を見ながら、ダンブルドアはもの思いにふけっている様子だ。カフェが炎(ほのお)に包まれていき、カメラはその様子にしばらく固定。カメラがその中に入っていく……

シーン5 屋内 ダンブルドアの部屋――ホグワーツ――朝

ダンブルドアが目を閉(と)じて、窓際(まどぎわ)に立っている。カメラがゆっくりとダンブルドアに焦点(しょうてん)を合わせると、彼(かれ)は目を開け、時間が現在(げんざい)に移る。

ダンブルドアは「血(ち)の誓(ちか)い」の小瓶(こびん)を手にしている。小瓶(こびん)の鎖(くさり)が手首に巻(ま)き付いている。

シーン6　屋外　湖――天子山脈（ティアンジさんみゃく）――同じ時――夜

広大な美しい風景。月が低くかかり、湖に影を落とす山――エンジェル・アイ山――湖に映るその山影から壮大な石灰岩の柱がいくつか立ち上がっている。

ニュートが、湖を漕ぎ渡っている。

シーン7　屋外　天子山脈（ティアンジさんみゃく）――直後――夜

小刻みに上下するいかだを後に残して、漕ぎ手がそっと岸に上がる。カメラはニュート・スキャマンダーの姿を映し出す。

ニュートが竹藪をかき分けて登っていく。湖と川の支流はその背後に遠ざかっていく。

遠くで動物の啼く声が、感情を掻きたてるようにあたりに響く。ニュートはしばしその声を聞く。ニュートの肩にいるピケットも聞く。

ニュート　（ささやく）いよいよだ。

シーン8　屋外　谷間——天子山脈(ティアンジさんみゃく)——直後——夜

ニュートは大聖堂(だいせいどう)のような窪地(くぼち)の入口まで、急いで、しかし注意深く進む。近づくと、中で半分影(かげ)に隠れて、何かが動く。

シーン9　屋外　谷間──天子山脈(ティアンジさんみゃく)──直後──夜

ニュートが動物の背中(せなか)をやさしくなでる。動物がそっと寝返(ねがえ)りを打つ。メスのキリン(麒麟(きりん))だ。体にはドラゴンの部分と馬の部分があり、力強く、しかもやさしさを備(そな)えている。息遣(いきづか)いが荒く、体の表面がぴくぴく動いている。体表に、虫やジャングルの小枝(こえだ)や葉土などが固まりついている。

キリンがまた声をあげる。

金色の光がキリンの体の下の地面に溢(あふ)れる。ニュートはうっとりして微笑(ほほえ)む。母親の下からゆっくりと、キリンの赤ちゃんが這(は)い出してくる。美しくか弱い。まだよく見えない目をパチパチさせ、物珍(ものめずら)しそうにあたりを嗅(か)ぎまわっている。赤ちゃんが小さく啼(な)き声をあげ、小さな体から金色の光を断続(だんぞく)的に放っている。光が一瞬(いっしゅん)、赤ちゃんを覗(のぞ)き込んでいるニュートとピケットの顔を照らす。

ニュートはその場から少し離れて、キリンの母親が赤ちゃんをなめてきれいにする様子を眺める。赤ちゃんはまだ足元がおぼつかなく、震えたり、転んだりしている。

ニュート　（ピケットから視線を離して）美しいな。

　　　　　（間）

　　　　　君たち、いいかい。さあ、ちょっと大変だけど。

　ニュートがカバンを引き寄せて、そっと開ける。蓋の裏にティナの写真が留めてあるのが見える。

　深い藪の中を、複数の人影が近づいてくる。杖を手にしている……

　……グリンデルバルドの従者のロジエールとカローが、貪欲な目つきで赤ちゃ

んキリンを見ながら、近づいてくる。

ロジエールとカローが杖を上げて**シューッ**と放った呪文が、母親キリンの体に当たってうろこがめくれる。母キリンはよろけ、夜の闇に向かって大きく啼く。

そして——足がふらついて——倒れる。

攻撃に対抗して——

ニュートは防衛呪文を放ち、盾を広げるが、すでに遅かった。

振り返ると、二人のアコライトの間に黒い人影が一つ現れる。クリーデンスだ。杖でニュートの盾を打ち砕いたクリーデンスは、以前より大人になり、自信に満ちている。

ニュートは杖を自分のカバンに向ける。

ニュート　アクシオ！　カバンよ　来い！

カバンが彼(かれ)の手に飛んでくる。

クリーデンスが盾(たて)を破(やぶ)って進んでくる。ニュートは谷間から飛び出し、危険(きけん)な傾斜地(けいしゃち)の藪(やぶ)を、跳(と)んだり躓(つまず)いたり転んだりしながら駆(か)け下りていく。

背後(はいご)からバーンと飛んできた強烈(きょうれつ)な呪文(じゅもん)が、ニュートの周りの竹を裂(さ)き、カバンがニュートの手を離(はな)れて転がる。

ニュートの向こうに、恐怖(きょうふ)にかられたか弱いキリンの赤ちゃんが、藪(やぶ)の中に立っているのが見える。

ニュートが急ぎながら周囲を見まわすと……

……ぶつかったり跳ねたりしながら坂を転がり落ちてくるカバンから足が二本突き出ていて、ニュートに向かってカバンを操縦している。

カローが両手をキリンの赤ちゃんに伸ばしながら、ニュートに向かって呪文を放つ。ニュートが反撃して、カローを後ろに投げ飛ばす。

バーン！ ニュートが身を屈めて赤ちゃんキリンに腕を回し、抱き上げようとしたとき、頭をかすめて呪文が飛んでいく。そして、続いて飛んできたもう一つの呪文がニュートを直撃し、ニュートの体を高々と吹き飛ばして湖に落下させる。

下からのカメラ。ニュートの体が、渦巻く水の中に深々と落ちていく。

水の表面が泡立ち、ピケットが頭を出して、岸と平行に泳いでいく。気を失ったニュートが、反対側の岸に流れ着くのを、心配そうに見ている。

ワイドショット

……そこはいく筋もの美しい滝の下だ。滝はエンジェル・アイ山から落ちている。

しばらくの間、ニュートはぼーっとして目をしばたきながら空を見上げている。

やがて頭を持ち上げる。

ニュートの主観ショット

……ザビニが袋を持ち、ロジエールがキリンの赤ちゃんに手を伸ばして捉え、乱暴に袋に押し込む。**シューッ!** 全員がたちまち消える。

ニュートがやっとのことで立ち上がる。

カット　画面切り替え

……ニュートがよろよろと谷間に戻る。傷ついていない片腕をカバンに回し、窪地の一番高い縁にやってくる。母キリンが暗がりの中にじっと横たわっている。ニュートはキリンの動かない体にもたれかかって倒れる。痛々しく胸を波打たせている。

ニュート　　かわいそうに。

ニュートは、わずかに目を開けて真っ暗な空を眺める。瞼が重くなる……眠気が襲う……呼吸が緩やかになってくる……そのとき――

ニュートの顔を柔らかい光が照らす。

ニュートの目がピクリと動き、開く。体の下の地面が輝いている。

ニュートが母キリンの様子を見る。キリンの目元がぴくぴく動き、そして……

……静けさを破って、柔らかな産声。ニュートの背後の光が輝きを増す。

ニュートが振り返って見つめていると……

……二頭目のキリンの赤ちゃんが這い出してくる。不思議そうにあたりを眺め、ニュートと目が合う。ニュートの赤ちゃんがニュートの腕の中に潜り込んでくる。外に出ると、赤ちゃんは不思議そうにあたりを眺め、ニュートが微笑む。キリンの赤ちゃんがニュートの腕の中に潜り込んでくる。ニュートが母キリンを振り返り……そして動きを止める。

ニュート

双子だよ。双子だったよ……

ニュートの目の前で、母親の目から涙が一粒零れ落ち、瞳孔が開いていく。

ニュートは悲しい顔をする。体をねじって、命の火が消えた母キリンに寄りそう。

ピケットがニュートのポケットから、ゆっくりと顔を覗かせ、驚いて赤ちゃんキリンを、じっと見つめる。

ニュートがカバンに向かって頷くと、ピケットが飛び出してカバンの留め金の一方の前に立ち、ニュートを振り返って指示を待つ。キリンの赤ちゃんを抱いたまま、ニュートが片方の留め金を開け、ピケットがもう一方を開ける。

ニフラーのテディが顔を出し、ニュートを見て、次にキリンの赤ちゃんを見る。

カバンの深いところから、二本脚のドラゴン、ワイバーンが出てきて、体が空に伸びていく。カバンの蓋の内側に貼ってあるティナ・ゴールドスタインの写真を通り過ぎ、テディを通り越し、カバンの外に出て、エンジェル・アイ山へと上昇していく。

ワイバーンの体が、魔法のように、みるみる美しく膨らむ。ニュートは最後の力を振り絞って、キリンの赤ちゃんを抱き寄せ、コートの中に入れる。赤ちゃんは、ニュートの腕の中で震えながら弱々しく啼く。

ワイバーンの尾がニュートに巻き付き、ニュートとキリンの赤ちゃんはそっと空中に持ち上げられる。

ワイバーンが空高く舞い上がる。雄大な翼が優雅に広がり、ニュートとキリンの赤ちゃんを運んで、広大な滝を越え、地平線へと飛んでいく。地平線にかすかに曙光がさし始める。

映画のタイトルが現れる。

ダンブルドアの秘密

シーン10　屋外　城の入口、中庭──ヌルメンガード城──朝

カメラを流す。グリンデルバルドが城を出てくる。アコライトたちが中庭の端のほうに「姿あらわし」する。

クリーデンスが、ほかのアコライトから離れる。

グリンデルバルドの目は、クリーデンスの手にした袋に向けられたまま。ロジエールが──黙って、あたりに目を配りながら──近くを歩き回っている。グリンデルバルドが進み出る。

グリンデルバルド　外せ。

アコライトたちは黙って立ち去る。一人か二人が振り返る。クリーデンスが今やグリンデルバルドの一番のお気に入りだと気が付く。クリーデンスと二人きりになると、グリンデルバルドは袋に向かって頷く。

グリンデルバルド　見せろ。

グリンデルバルドはキリンを受け取り、その濡れた目をじっと覗き込む。キリンの震える鼻先から、鼻水が出てくる。

クリーデンス　みんなが、こいつは特別な生き物だと言った。

グリンデルバルド　ああ、特別以上だ。こいつの目が見えるか？　すべてを見通す目だ。キリンが生まれるとき、正当な指導者が現れ、世界を変える。キリンの誕生は、クリーデンスよ、すべてに変化をもたらす。

クリーデンスがキリンを、何か問いたげに見る。

グリンデルバルド よくやった。

グリンデルバルドがクリーデンスの頰に手を当てる。クリーデンスは、そんな親し気な触れ方に不慣れだというふうに、おずおずと自分の手をグリンデルバルドの手に添える。

グリンデルバルド 行け。休め。

シーン11　屋内　居間――同じ時――朝

クイニーが、クリーデンスが見えなくなるのを眺めている。それからグリンデ

ルバルドに注意を移す。グリンデルバルドは、魅入られたようにキリンを眺めながら、敷石の上にそっとキリンを下ろす。

グリンデルバルドが手を伸ばして、キリンをそっと立たせ、安定させる。それからキリンの前に立つ。しばらくの間、何事も起こらない。それから、キリンがゆっくりと頭を上げ、疲れ切った眼でグリンデルバルドをじっと見る。グリンデルバルドは何かを期待するようにキリンをじっと見る。そうして長い間見つめあう。やがて……

……キリンが顔を背ける。グリンデルバルドの表情が硬くなる。キリンを抱き上げて両腕に抱える。コートに片手を突っ込み、その手を出したときに一瞬何かがギラリと光る。グリンデルバルドの腕が上がり、そして……

……敷石に血が飛び散り、グリンデルバルドの手にしたギラリと光る刃物が赤く染まっている。クイニーが息をのむ――ほとんど聞こえないくらいの小さな声

で。

血の海の中に、何かが見える。雪の上を歩く二つの人影（ひとかげ）が、高いところから見下ろす形で映（うつ）っている。

カット　画面切り替え

シーン12　屋外　ホグズミード村──日中

ニュートとテセウスが雪の中を歩いていく。ぼろぼろになったグリンデルバルドのおたずね者人相書のそばを通り過（す）ぎる。──「この魔法使（まほうつか）いを見ませんでしたか？」

テセウス　どういうことなんだろうな、話してくれる気はないんだろうな。
ニュート　あの人はただ、会おうとしか言わなかった。必ず兄さんを連れて来いと言われた。
テセウス　そうか。

テセウスはホグズミードに向かって歩きながらニュートを観察する。

シーン13　屋内　ホッグズ・ヘッド──直後──日中

顎鬚（あごひげ）の店主（アバーフォース・ダンブルドア）が、カウンターの中にある鏡を、汚（よご）れた布（ぬの）で拭（ふ）いている。ニュートとテセウスが入ってくる姿（すがた）が鏡に映（うつ）り、アバーフォースがうさんくさそうに見る。二人が汚（きたな）らしい店内を眺（なが）める間、鏡を拭（ふ）き続ける。

アバーフォース　俺の兄に会いに来たのだろうな？

ニュートが進み出る。

ニュート　アルバス・ダンブルドアに会いに来ました。

アバーフォースは鏡の中の二人をもう一度見る。そして振り返る。

アバーフォース　それが俺の兄だ。
ニュート　あ、すみません。あの……そうですか。僕はニュート・スキャマンダーで、こっちは──

ニュートが手を差し出すが、アバーフォースはそっぽを向く。

アバーフォース　上の階。左の最初の部屋。

ニュートは手を差し出したまましばらく立っているが、やがて頷いてテセウスを振り返る。テセウスはちょっと眉を上げる。

シーン14　屋内　上の階――ホッグズ・ヘッド――続き――日中

ダンブルドア　ニュートが用件を話したかね？

テセウス　そうするはずでしたか？

テセウスのやや挑戦的な口調を感じ取り、ダンブルドアがテセウスをよく見る。

ダンブルドア　いや、確かにちがう。

テセウスはニュートに目を向けるが、ニュートはその視線を受けとめるのにまごつく。

ニュート　僕たちは——ダンブルドアは——兄さんに話したいことがあって。ある提案なんだけど。

テセウスは弟を観察し、それからダンブルドアを観察する。

テセウス　いいでしょう。

ダンブルドアは部屋を横切って「血の誓い」の小瓶をテーブルから取り上げ、暖炉の火にかざしてぶらぶらさせる。

ダンブルドア　これがなんだかわかるね。もちろん。ニュートがパリでそれを手に入れた。その手のものに十分経験があるわけではないですが、「血の誓い」のようですね。

テセウス　その通りだ。

ダンブルドア　中身は誰の血ですか？

テセウス　私のだ。

ダンブルドア　（間）

そしてグリンデルバルドのだ。

テセウス　そうだ。彼も私と戦えない。

ダンブルドア　だから、あなたは彼と戦えないのでしょうね？

テセウス　テセウスは頷いて、「血の誓い」の小瓶を見る。まるで古い時計の錘のように、血の滴がお互いの周りを回っている。

テセウス　何にとりつかれれば、そんなものが作れるのか、お聞きしても

ダンブルドア　よいですか？　愛、傲慢、純真さ。どの毒でも好きなのを選んでくれ。我々は若く、世界を変えようとしていた。この誓いは、必ずそうするという保証だった。どちらかが心変わりしても。あなたが彼と戦ったらどうなりますか？

テセウス　ニュートは期待するようにダンブルドアを見るが、ダンブルドアは小瓶を見つめたまま無言。

ダンブルドア　実に美しい。
しかし、私が誓いを破ろうと考えただけでも……

小瓶が赤く光って飛び出し、床から跳ね返って壁にあたる。ダンブルドアが杖を抜いて小瓶を狙うと、まだダンブルドアの腕に巻き付いたままの鎖が肉に深く食い込んで腕を締め付ける。

ニュートとテセウスが見ていると、ダンブルドアは、壁をガリガリ削っている小瓶に近づく。その顔に、小瓶に隷属しているかのような不可思議な笑みが浮かぶ。

ダンブルドア　こいつにはわかるのだ……

ダンブルドアはその場に立ちすくんで小瓶を見つめる。鎖に締め付けられた手の血管が、ひどく膨れ上がっている。ダンブルドアは顔をしかめ、杖が指から落ちる。

ダンブルドア　こいつは、私の心の裏切りを感じ取っている……

ニュートが小瓶に目を向けると、血の滴が、瓶の中でますます激しく互いに回り込んでいる。

……ダンブルドアは、壁を削るように激しく震えている小瓶を見つめ続けている。手にした鎖が、ダンブルドアの喉元に蛇のようにゆっくりと這い上がり、首に巻き付く……

ニュート　アルバス……

……首を絞め付け、さらに強く絞め付け……

ニュート　アルバス……

……ダンブルドアの目が白目を見せ始める。

ニュート　アルバス！

「血の誓い」の小瓶が床に落ち、ダンブルドアの手に戻る。鎖は首からするすると外れて、再び小瓶につながる。鎖が徐々に緩み、ダンブルドアの胸は、呼吸のしかたを思い出したかのように隆起する。ダンブルドアが手を開く。その掌で小瓶が少しの間震え、やがて静かになる。

ダンブルドア　今のは序の口だ。若造の魔法だが、見た通り強力だ。取り消せない。提案というのは、キリンと関わっているのですね？

テセウス　

ダンブルドアの目がニュートを見る。

ニュート　兄は秘密を守ります。

ダンブルドアはテセウスに向き直り、質問に答える。

ダンブルドア 彼を倒すつもりなら、キリンはほんの一部に過ぎない。我々の知る世界が崩れようとしている。ゲラートが、憎しみと偏見で引き裂こうとしている。彼を止めなければ、今日は想像もつかないことが、明日には不可避の現実になる。もし私の依頼を受けてくれるなら、私を信じなければならない。たとえ直感が信じるなと言っても。

テセウス 伺いましょう。

テセウスはニュートを見る。そして最後にもう一度ダンブルドアの目を見る。

シーン15　屋内　クリーデンスの部屋――ヌルメンガード城――日中

カメラがクリーデンスの顔をとらえる。鏡に映る自分自身の目を見て、片手を上げる。見ているうちに、ハエが彼の腕を這う。クリーデンスは釘づけになって見入っているが、やがて視線がほかのものに移る。

クイニーが部屋の入口に立っている。

クリーデンス　あの人が、君を送り込んだ？　僕をスパイするため？
クイニー　　　いいえ、でも彼はいつも聞くわ。あなたが何を考えているのか、何を感じているのか。
クリーデンス　ほかの連中のことは？　何を考え、何を感じているか、君に聞くのか？

クイニー ええ、でも主にあなたのことよ。

クリーデンス 報告するのか？

クイニーは答えかけて、口ごもる。手の血管が普通の状態に戻ってから、クリーデンスが振り向いて、初めてクイニーをまっすぐに見る。

クリーデンス 言うんだな？

クリーデンスが笑いかけるが、その笑顔には人を不安にさせるものがある。

クリーデンス 今、誰が誰の心を読んでいるのかな？
（笑顔が消える）何が見えるか言ってくれ。

クイニーはクリーデンスを見て、話す。

クイニー あなたはダンブルドアよ。名門の家系——グリンデルバルドがあなたにそう教えたから、あなたはそれを知っている。彼は、ダンブルドア一族があなたを捨てたとも言った。あなたが汚れた秘密(ひみつ)だから。ダンブルドアが自分を捨てたとも言った。だからあなたの気持ちがわかるって。そして、それだから……だから、彼はあなたに、ダンブルドアを殺(ころ)せと言った。

クリーデンスの笑顔(えがお)が凍(こお)り付く。

クリーデンス もう出ていってくれ、クイニー。

クイニーは頷(うなず)いて出ていきかけ、ドアのところで止まる。

クイニー 私(わたし)、彼(かれ)に言わないわ。いつでも報告(ほうこく)するわけじゃないし、何もかも言うわけじゃない。

クイニーは出ていき、そっとドアを閉める。クリーデンスは立ったまま、しばらく動かない。やがて鏡が彼の目を引く。ゆっくりと、見えない手で書かれたかのように、鏡の表面に文字が現れる。

……許してくれ……

クリーデンスは驚いた様子もなく、前に踏み出して手を上げる……そして鏡の文字を消す。

シーン16 屋外 コワルスキーのパン屋――ローワー・イースト・サイド――夜明け前

あちこちへこんだメタルのシャッターがガラガラと上がり、カメラは寒さの中に立っているジェイコブ・コワルスキーの一人ぼっちでうら悲しい姿を映す。ジェイコブはわびしそうに店内を見つめる。

シーン17 屋内 コワルスキーのパン屋――続き――夜明け前

パン焼き窯（がま）の戸を開けて、ジェイコブが覗（のぞ）き込む。窯（かま）の火が消えていないことを確（たし）かめる。

毛ブラシをつかんで店の正面の窓に近づき、昨日のパン屑を掃き集める。ときどきゴキブリを追い払う。

シーン18 屋内 奥の仕事場──コワルスキーのパン屋──直後──夜明け前

ウェディング・ケーキのクローズアップ

白砂糖のアイシング。祭壇はあめでできている。祭壇にはミニチュアのフィギュアが二つ──花嫁は祭壇の前にしっかり立ち、花婿はアイシングの上にうつ伏せに倒れている。

ジェイコブは花婿をそっと取り上げる。そのとき——ビリリリリ！——店のベルが鳴る。ジェイコブは花婿をアイシングの上に戻す。

シーン19 屋内 コワルスキーのパン屋——直後——夜明け前

エプロンを肩に掛けてジェイコブが出てくるが、はっとして止まる。

ジェイコブ ヘイ、まだ開店前——

女性が向こう端のパンケースを覗いている。

ジェイコブ クイニー。

女性が振り向いてにっこりする。クイニーだ。

クイニー　おはよう、ハニー。

ジェイコブが近づく。

クイニー　ハニー、お店をごらんなさいな。まるでゴーストタウンだわ。
ジェイコブ　ああ、なあ、俺……俺……会いたかったよ。

ジェイコブの目に涙が溢れてくる。

クイニー　ああ、ベイビー。こっちへきて……こっち。

クイニーがジェイコブを抱く。ジェイコブが目を閉じる。

クイニー　心配いらないわ。何もかもうまくいくから……

アングルが変わる──空っぽの店でジェイコブが自分をハグしている。

ジェイコブが目を開けて、空っぽの腕の中を見る。ため息。店先の薄汚れたショーウインドウを通して、通りの向こう側のバス停のベンチに座っている、内気そうな若い女性（ラリー・ヒックス）の姿が見える。

シーン20　屋外　バス停──ロワー・イースト・サイド──夜明け前

ラリーが何かを読み始める。すぐ近くに、彼女に近づいていく三人の労働者が

見える。

一人があとの二人から離れて、ラリーに近づく。

労働者1　よう、ねえちゃん。なんでこんなとこにいるんだ？

ラリーは本を読み続ける。

ラリー　一日中考えて、そんなことしか言えないのかしら？

男はちょっとたじたじになるが、ラリーは膝の上の本を読みふけっている。

労働者1　怖い目にあいてえのか？　そうなのか？

ラリーが厳格な顔で男を観察し、その間、労働者は期待顔で待つ。そして――

ラリー　わかっているでしょうけど、あなた、それほど怖くないわよ。

労働者1　俺、十分に怖いと思うぜ。そう見えないか？

男は仲間の二人を振り返る。二人は、あいまいな顔をする。

ラリー　両腕を振り回してみたら？　ほら、イカれた人みたいに。そうすれば、もう少し怖く見えるかもしれないわ。

男が大げさな身振りで両腕を振り回す。ラリーはちょっと左に体を傾けて、通りの向こうをじっと見る。

ラリー　その調子。もうちょっと。

シーン21　屋内　コワルスキーのパン屋――夜明け前

男がラリーに近づいて両腕を振り回し始める様子を見て、ジェイコブが眉根を寄せる。

シーン22　屋外　バス停――ローワー・イースト・サイド――夜明け前

ラリー　そうそう、続けて、もっと、もっと。いいわね、一、二、三……

ジェイコブ　（声のみ）おい！

ジェイコブが、コロニアル・ガール（小麦粉のブランド）の粉をあたりにまき散らしながら、勢いよく店から出てくる。金属のスプーンでフライパンをバンバン叩きながら、大股で通りを横切っていく。三人の労働者はラリーから離れ、ジェイコブに向かっていく。

ジェイコブ　やれやれ。恥ずかしくないのか。
労働者１　やるか？　パン屋の坊や。
ジェイコブ　いい加減にしろ。ここから失せろ……

　ラリーは、三人の男がジェイコブに近づくのを注意深く見ている。三人から目を離さない。

ジェイコブ　いいだろう。最初に一発殴れ。ほら——
労働者１　ほんとにいいのか？

バーン！

労働者1が倒れる。ジェイコブは体を固くする。その直後、ジェイコブの落としたフライパンが、ガチャンと音を立てる。

労働者1が起き上がって座り、首すじをなでる。

労働者1　その女を助けるのはこれで最後だぞ……ラリー！

ラリーが杖で自分の地味なボブスタイルの髪に触れると——次々と——豊かな髪が流れ出し、メガネは消え、野暮ったいドレスと固い襟付きのブラウスが消えて、仕立ての良いスラックスと、柔らかに流れるブラウスに変わる。

ラリー　あらら、フランク、つい自分の力を忘れちゃって。ここからは私一人でいいわ。ありがとう！

労働者3　いいってことよ。

労働者2　また後でな、ラリー……
ラリー　　バイバイ、スタンリー。今度「ダドリーのまごまごゲーム」しに行くわ。
労働者2　オーケー。
ラリー　　いとこのスタンリーよ。魔法使いなの。

ジェイコブはフライパンを拾い、首を横に振りながら後退り始める。

ジェイコブ　だめ！
ラリー　　　お願い。こんな朝早くから仕事をさせないで。
ジェイコブ　俺は抜けたって言ったろう。抜けたいんだ。
ラリー　　　そう言わずに、コワルスキーさん――

ジェイコブはパン屋の店に入る。

ジェイコブ　俺のセラピストが、あんたたちみたいな魔法使いは存在しないって言ったのに。治療代、損した。

ラリーは魔法でパン屋に入り、シナモン・パンを食べながら、ジェイコブと向かい合っている。

ラリー　だけど私が魔女だって、わかってるでしょ？
ジェイコブ　ああ。いいか、あんたはいい魔女みたいだけど、俺があんたたちと関わってどうなったか知らないだろう——頼むから、俺の人生から出ていってくれ。

ジェイコブは店のドアを開けて、ラリーに外に出るように促す。それでもラリーがしゃべり続けるので、ジェイコブはフライパンを持ったまま店から外に出る。ラリーもジェイコブに続く。

ラリー

（一気に言う）一年ほど前、あなたは開店資金として少額のローンを申し込みに、スティーン・ナショナル銀行へ行った――六ブロック先ね――そこでニュート・スキャマンダーと知り合う。世界一の――もっとも一人しかいないけど――魔法動物学者。そこで、それまでまったく知らなかった世界のことを知り、クイニー・ゴールドスタインという魔女と恋に落ちる。そして「忘却術」で記憶を消されたけれど、効かなかった――その結果、ゴールドスタイン嬢と再会し、彼女は――あなたが結婚を断った後で――ゲラート・グリンデルバルドとその黒い軍団に加わった。やつらは、あなたたちの世界と私たちの世界にとってこの四世紀来の最大の脅威。これで合ってる？

ジェイコブは座り込んで目を見張る。

ジェイコブ

ああ、その通りさ。ただ、クイニーが黒い連中に加わったこと

ジェイコブ　以外はね。そりゃ、彼女は変わってるけど、こんな狂った街全部よりでっかいハートを持ってるんだ。それに賢い。頭ん中を、間違いなく読めるんだ。ほら、何とかっていう——開心術士ね。

ラリー　ああ……

しばらくして、ラリーを振り返る。

ジェイコブはため息をついて、立ち上がり、パン屋の店のほうに歩き始める。

ジェイコブ　ほら、これを見ろよ。（フライパンを持ち上げる）これが俺だ。俺はフライパンだよ。フライパンだ。あちこちへこんでる。そこいらにいる凡人だ。マヌケ野郎だよ。あんたが一体何を考えてるのか知らないけど、あんたのほうが俺よりずっとうまくやれるのは間違いない。じゃあな。

ジェイコブは背を向けて、トボトボと薄暗いパン屋の店に向かう。

ラリー 私たちにはできないわ、コワルスキーさん。

ジェイコブは立ち止まるが、振り向かない。

ラリー あなたはカウンターの下に隠れられたのに、そうしなかった。そっぽを向いていられたのに、そうしなかった。それどころか、赤の他人のために危険を冒した。世界がたった今必要としているのは、まさにあなたみたいな普通の人だわ。あなたはまだそれに気づいていない——だから、私が証明しなきゃならなかった。

（間）

あなたが必要なの、コワルスキーさん。

ジェイコブは店にあるウェディング・ケーキを見て、決心する。ラリーのほうに向き直る。

ジェイコブ わかった。ジェイコブって呼んでくれ。
ラリー ラリーって呼んで。
ジェイコブ ラリー、戸締（とじ）まりをしなくちゃ。

ラリーが杖（つえ）を振（ふ）る。ドアが閉（し）まり、明かりが消え、店のシャッターが下りてくる。ジェイコブの服が一変する。

ジェイコブ ありがと。
ラリー ずっとよくなったわ、ジェイコブ。

ラリーの手から本が滑（すべ）り出し、表紙が羽ばたいてふわりと宙（ちゅう）に浮き、ページがめくれ始める。

ラリーが手を伸ばすと、ページがますます速くめくれ、背表紙から勢いよく外れて、蝶々の万華鏡のようにあたりに広がる。

ラリー　どうやるか、わかっているわね、ジェイコブ。

二人の手が触れ合うと、本のページが竜巻のように降りてきて二人を包み――

シューッ！――二人は消える。数秒後、本のページがパラパラと背表紙に戻る。

その直後……残っているのは、はぐれたページが数枚だけ。ふわふわと地上に落ちてくる。

シーン23　屋外　ドイツの田舎──日中

列車がブランデンブルクの田舎をうねるように走っている。カメラは列車の最後尾の車両を映す。

シーン24　屋内　魔法の車両──日中

ユスフ・カーマが、車窓のそばに立ち、窓の外を飛び過ぎていく田舎の雪景色を見ている。ニュートとテセウスは、勢いよく燃える暖炉のそばにいる。テセウスが手にしている「日刊予言者新聞」の見出しは、

選挙特集 勝者は誰か？ リウかサントスか？

そのすぐ下に、候補者二人の写真がある。リウ・タオとヴィセンシア・サントス。

新聞の裏面に、グリンデルバルドのおたずね者のポスターがある。

カーマ　魔法省は、リウとサントスについてなんと言っているの？
テセウス　公式には中立だ。非公式に？　金を賭けるならサントスだ。しかし、誰だってフォーゲルよりはましだ。
ニュート　誰だってか？

カーマはグリンデルバルドの写真に目を留める。テセウスがそれに気づく。

テセウス　カーマ、彼は候補者じゃない。その上、逃亡犯だ。

カーマ　違いがあるのか？

ちょうどそのとき、暖炉の火がパチパチはねて、緑がかった色になり、ジェイコブが暖炉から転がり出る。フライパンを持ったままだ。

ジェイコブ　目が回る。いっつもこれだよ。

ニュート　ジェイコブ！　よく来たね！　よく来てくれた。ヒックス先生なら絶対君を説得すると思ってた！

ジェイコブ　俺のこと、わかってるだろ。ポートキーときたら断れない。

ちょうどそのとき、暖炉の火格子がまたパチパチはねて、数秒後にラリーが、本を抱えて火の中からゆうゆうと出てくる。

ラリー　スキャマンダーさん？

ニュート　ヒックス先生?

ラリー/ニュート　やっと会えた。

ニュート　（みんなに）ヒックス教授です——（興奮を抑えて）教授と僕は、長年文通していたのですが、お目にかかったことはありませんでした。教授の『上級　呪文学』は必読書です。

ラリー　ニュートは褒めすぎよ。『幻の動物とその生息地』は五年生の課題図書よ。

ニュート　さあ、みんなをご紹介しましょう。こちらは、バンティ・ブロードエーカー。腕利きの助手で、もう七年も——

バンティ　八……

子どものニフラーが二匹、バンティの肩に座る。

バンティ　（続けて）……年と一六四日

ニュート ほらね。彼女なしではやっていけない。そしてこちらは——

カーマ ユスフ・カーマです。よろしく。

ニュート そして、もうジェイコブとはおなじみでしょうね——

テセウスが咳払いする。ニュートは何も気が付かずにテセウスを見る。テセウスが眉を上げる。

テセウス ニュート。
ニュート あ、そうそう。兄のテセウスです。魔法省に勤めてる。
テセウス そして、イギリス闇祓い局局長です。
ラリー あら、じゃ、私の杖の登録が更新されているかどうか確認しないと。

ラリーがにやりと笑う。

テセウス　ええ、ただ厳密には、私の管轄外で──

ニュートが突然向きを変えて車両の後方に歩いていく。みんながついていく。

ニュート　オーケー、じゃ、どうしてここに呼ばれたのか、みんな不思議に思っているだろうね。

みんながそうだという表情。

ニュート　それを予想して、ダンブルドアからみんなへのメッセージを預かっている。

グリンデルバルドは未来を垣間見る能力を持っている。だから、僕らがやろうとすることを、彼は前もって察知する。彼を倒して僕らの世界を……ジェイコブ、君たちの世界もだ……救う一

番の方法は、グリンデルバルドを混乱させることだ。

ニュートが話し終えると、反応は……無言。

ジェイコブ　あのなあ、聞いて悪いけど、先を見通せるやつをどうやって混乱させるんだ？
カーマ　　　裏をかく不意打ち。
ニュート　　その通り。一番いいのは、無策の策。
ラリー　　　もしくは作戦を重複させる。
ニュート　　そして、混乱させる。
ジェイコブ　俺、もう混乱してるよ。
ニュート　　ジェイコブ、実は、ダンブルドアから君に渡すように頼まれたものがある。

みんなはじっと待つ。ニュートが袖の中から――アマチュア手品師のように

――引っ張り出したのは杖だ。

ニュート　スネークウッドだ。ちょっと珍しい木で――

ジェイコブ　おい、冗談だろう？ これ、本物か？

ニュート　そうだよ。芯は入ってないから、一応――でも、そうだよ――

ジェイコブ　一応本物？

ニュート　大事なのは、これから行くところではそれが必要になるんだ。

ジェイコブは杖を受け取り、畏れいって眺める。ニュートはまたポケットを探り始める。

ニュート　さあ、テセウス、君にも何かあるんだ――

　再び全員が期待を込めて待つ。ニュートは――今度こそ本物の手品師のように――コートの中から、何かを引っ張り出そうとする――ところが、何かがそれを

引っ張り返している。ニュートはしばらく格闘して、内ポケットに話しかけながらグイッと強く引っ張る……

ニュート　テディ、放せよ。放せってば。いい子にして。それはテセウスの……

強く引っ張られて、テディも飛び出してきて、車両の向こう側にぶつかって跳ね返り、ジェイコブにキャッチされる。布切れが床に落ちる。

ジェイコブとテディが顔を見合わせる。

ニュートが屈んで布切れを拾う。金色のフェニックスの模様が入った、光る赤いネクタイだ。ニュートが立ち上がって、テセウスにネクタイを渡す。テセウスは受け取り、ひっくり返して見る。

テセウス　ああ、もちろん、これで何もかも納得できるってわけだ。
ニュート　ラリー、ラリー、何か本を預かっているよね……
ラリー　よく言われることだけど、本は世界を一周させてくれ、また家に帰してくれる——ただ、本を開きさえすれば。
ジェイコブ　（テディを下に置いて）まったくだ。
ニュート　バンティ。これは君のだ。君だけに見せるようにって言われてる。

ニュートは四角に折りたたんだ小さな紙きれを取り出して、バンティに渡す。バンティは、開いて読み、明らかに驚いた様子。しかし、もう一度見ようとすると、紙きれは燃え上がってしまう。

ニュート　カーマ——
カーマ　私は、もう必要なものを持っている。
ジェイコブ　ティナはどうなんだ？　来ないのか？

ニュート　ティナは……来られないんだ……昇進して……とっても忙しくて。

ラリー　（間）

そう聞いている。ティナはアメリカ闇払い局の局長になったの。彼女とは親しいのよ。すばらしい女性よね。

ニュートはラリーを見てしばらく突っ立っているが、やがて──

ニュート　そうだね。

テセウス　それじゃ、これで全部？　このチーム？　この百年来一番危険な魔法使いを阻止するのが、魔法動物学者、その有能な助手、学校の先生、フランスの名門魔法族の末裔……それにおもちゃの杖を持ったマグルのパン屋。

ジェイコブ　ヘイ、あんたがいるじゃないか。本物の杖を持ってるし。

ジェイコブがグイッとバーの酒を飲み、そして……

テセウス　その通り。我々の勝利に賭けない奴はいないだろうさ?

……ジェイコブのクスクス笑い。

カット　画面切り替え

シーン25　屋外　駅──ベルリン──夕方

ベルリン市民が寒そうに体を固くして、駅のプラットホームに立っている。そこへ列車が重々しい音を上げて入ってくる。

シーン26　屋内　魔法の車両──夕方

ニュートがカバンのそばに膝をつき、キリンに餌をやり終える、そしてそっとカバンの蓋を閉める。

ニュート　　大丈夫だよ、ちびちゃん。
ラリー　　ベルリン……最高じゃない。

ニュートが振り向くと、ラリーが隣の車窓の前に立って外を見ている。プラットホームでは、一人の男性（背の高い闇祓い）が、背丈と態度で目立っている。

列車はシューッと音を立てて停車する。ほかのメンバーもそれぞれの持ち物を準備し始める。カーマが最初に出口に行く。

テセウス　カーマ、無事を祈る。

カーマは立ち止まり、ちょっとテセウスと目を合わせ、それから頷く。カーマが出ていくとき、冷たい風が車両に入ってくる。バンティがニュートのそばに現れる。

バンティ　私もここでお別れよ、ニュート。

ニュートは答えかけてやめ、下を見る。バンティの手が、カバンの持ち手のところで、ニュートの手と絡み合っている。

バンティ　誰も全貌を知らないわ。あなたでさえ。

ニュートはバンティを見るが、彼女はそれ以上何も言わない。とうとうニュートはカバンから手を放す。

バンティが去り、ニュートは、テセウスとジェイコブが自分を見ているのに気が付く。ニュートが二人から目を離し、振り返って車窓の外を見ると、カーマとバンティが、反対方向に歩いていくのが見える。

シーン27 屋外 町の通り――ベルリン――直後――夜

雪がちらついている。ジェイコブ、ニュート、ラリー、テセウスが通りを歩いている。

ニュート　よし……さあ、ここだ。

ニュートは先に立って路地に入り、紋章の付いたレンガの壁へと導く。みんなが壁に向かってずんずん歩いていくが、ジェイコブは壁の右や左、上や下をちらちら見て落ち着かない。すると……

シューッ

……四人とも壁を抜けて裏側に立っている。ジェイコブは顔をしかめて振り返り、同じ紋章の付いている同じレンガの壁を見る——ただし、紋章は裏返しだ。

ジェイコブは肩をすくめて、前を見る。そこには——通りを見下ろすように巨大な垂れ幕がいくつも掛かり——幕の上に悪意のなさそうな魔法使い（アントン・フォーゲル）の顔が見える。その先には、リウとサントスの支持者たちに囲まれた建物が見える。

テセウス　　ドイツ魔法省。

ニュート そう。

テセウス それなりの理由があって、ここに来たのだろうな。

ニュート そう。お茶会に出席する。急がないと遅れる。

ニュートが先に立って歩き、テセウスとラリーは顔を見合わせ、後に続く。
ジェイコブは、威圧されたようにあたりを見ながら、トコトコとついていく。

ラリー （声のみ）ジェイコブ！

ジェイコブが見ると、ラリーが手招きしている。

ラリー みんなから離れないで。

ジェイコブが急ぎ足になり、おたずね者・グリンデルバルドの、動く人相書の前を通り過ぎる。グリンデルバルドが、ジェイコブの動きを逐一追いかけて、に

ジェイコブは、どうしてもグリンデルバルドの視線を気にしてしまう。

シーン28 屋外　階段──ドイツ魔法省──直後──夜

リウとサントスの支持者グループが、のぼりを掲げてそれぞれの名前を大声で唱えている。支持者たちの熱狂的な、しかし平和的な意思表示だ。ニュートたちは、その中を縫って、階段に近づく。

テセウスが先頭に立って、人混みを抜け、魔法省入口まで来ると、その周辺に配置されたドイツの闇祓いの一人が、階段を上りかけたラリーとジェイコブを阻止しようとする。

らみつけている。

テセウス　こんばんは、ヘルムート。
ヘルムート　テセウス。
テセウス　オイ、みんな、私の連れだ。

阻止しようとした闇祓いの目がちらっと動き、テセウスを見て何者なのかを認識する。その闇祓いが、階段の一番上で全体を見ている闇祓いの指揮官（ヘルムート）をちらりと見る。ヘルムートが頷く。

テセウスが一行の先頭に立って、階段を上る。

その時、騒ぎが起こる。騒がしい太鼓の音とともに、サントスの支持者を押しのけて、ロジエールとカローが進んでいく。

ロジエールがカローに向かって頷き、カローが杖を上げる。火が飛び出し、サ

ントスののぼりに当たる。のぼりに描かれたサントスの顔が燃えて灰になり、群衆が押し合い圧し合いして急に不穏な雰囲気になる。

シーン29　屋内　大広間――ドイツ魔法省――直後――夜

何百人もの代表者たちが広間を動き回り、ティーポットが壮大な広間に浮かんでふわふわ動いている。テセウスはニュートと並んで歩く。ニュートはきょろきょろしているのが目立つ。誰かを探しているらしい。

テセウス　フィンガー・サンドイッチをつまみに来たわけじゃないだろうな？

ニュート　いや、伝言を伝えるんだ。

テセウス 伝言？ 誰に？

ニュートが立ち止まり、誰かを見ている。テセウスがその視線を追う。

広間の反対側の奥で、通りの垂れ幕でちらりと見た、悪意のなさそうな魔法使い、アントン・フォーゲルが盛んに握手している。武装したボディガードたちが、影のように付き従い、女性秘書官（フィッシャー）が大臣を誘導している。

テセウス 冗談だろ。
ニュート いや。

カット　画面切り替え

ニュートがフォーゲルたちのほうに向かっていくと、テセウスもついていく。

新しいアングル——ジェイコブとラリー

ジェイコブ　一体ここで何をやろうっていうんだ？　外に出ようよ。こういう場面は得意じゃない。
ラリー　　　こういう場面って？
ジェイコブ　ここにいる人たち。気取った人たち。
エディス　　こんばんは！

ジェイコブが驚く。すぐそばに、中年のご婦人（エディス）がいるのに気が付く。

エディス　　あなたが広間に入ってくるのを見て、わたくし思いましたのよ。「エディス、面白そうな殿方よ」って。
ジェイコブ　（落ち着かない）ジェイコブ・コワルスキーです。初めまして。お会いできてうれしいです。

エディス　それで、コワルスキーさん、どちらのご出身ですの？

ジェイコブ　クイーンズ。

エディス　あああぁ。

エディスがゆっくり頷く。

カット　画面切り替え

新しいアングル

ニュートが、すぐ後ろにテセウスを伴って、フォーゲルとお付きの一行に近づく。

ニュート　フォーゲル閣下。ちょっとお話ししてもよろしいでしょうか。

ニュートの声で、フォーゲルが振り向く。

フォーゲル　これは驚いた！　スキャマンダー君だね？
ニュート　　フォーゲル閣下……

ボディガードが進み出る。テセウスも進み出る。フォーゲルはしばらくニュートを見つめて、やがて手を振り、ボディガードに下がれと命じる。ニュートとフォーゲルが、少し離れた場所に行き、ニュートが屈んで顔を近づける。

ニュート　ご友人からの伝言があります。しかも一刻を争うんです。
「正しき道を選ぶべし。楽な道ではなく」

ニュートが体を起こす。フォーゲルは動かない。

ニュート　あの方は、今夜私があなたに会って、これを伝えることが大事

だと言いました。この伝言を。

フィッシャーが現れる。

フィッシャー　お時間です、閣下。
フォーゲル　（秘書を無視して）彼はここにいるのかね？　ベルリンに？

ニュートは何と答えるべきか決めかねて、躊躇する。

フォーゲル　いや、いるはずはないな。世界が燃えているのに、ホグワーツを出るわけがない。
　　　　　　（顔をしかめながら）ご苦労だった、スキャマンダー君。

フォーゲルを急き立てながら、フィッシャーがニュートをちらりと振り返る。

スプーンで陶器を叩く音がおしゃべりの音を遮り、ティーカップを手にしてフォーゲルの脇に立っているフィッシャーに視線が集まる。いったん注目が集まったところで、フィッシャーは脇によけ、フォーゲルが演台の前に進む。フォーゲルの演説の準備が整うと、聴衆が拍手する。

フォーゲル　ありがとう、ありがとう。今夜お集りの皆さんの中には、よく知った顔がたくさん見える。同僚、友人、そして敵までも……

聴衆がクスクス笑う。

フォーゲル　これから四十八時間のうちに、皆さんは——ほかの魔法界の皆さんとともに——次の偉大なリーダーを選ぶことになります。今後何世代にもわたる我々の生き方を決める選択です。どちらの候補者が選ばれようと、われらのICW魔法連盟が有能な手に委ねられることは疑いの余地がない。リウ・タオかヴィセン

シア・サントスか。

すでに「日刊予言者新聞」で見たことのある、リウ・タオとヴィセンシア・サントスをフォーゲルが指すと、聴衆が拍手する。

フォーゲル　こういう機会にこそ思い出そうではありませんか。平和的な権力の移行こそ、我らが人類の特徴であり、意見の違いがあっても、すべての声に耳を傾けるべきだと世界に示していることを。

フォーゲルの目線が変わる。少し離れたところで様子を見ていたテセウスが、その目線を追うと、出口のすべてに黒装束の闇祓いたちが次々と現れている。

フォーゲル　たとえ多くの人にとって賛同しがたい声であっても。

テセウスが、広間を歩いているアコライトたちを目で追う。

テセウス　ニュート、あいつらの顔に見覚えはないか？

ニュートがテセウスの視線を追う。

ニュート　あいつらはグリンデルバルドと一緒だった。
テセウス　パリで。あの夜、リタが……

聴衆の混みあう中を、テセウスがロジエールを追う。ロジエールが、まるで付いて来いと誘うように振り向く。彼女に追いつこうと、テセウスが追う。ニュートが少し離れてテセウスを追う。

フォーゲル　そこで、入念な調査の結果、ICW連盟は、マグル社会に対する罪に問われているゲラート・グリンデルバルドは、証拠不十分で起訴には至らないという結論に達した。よって、ここに、

すべての嫌疑について赦免する。

フォーゲルの発言を聞いたニュートは耳を疑う。大広間にいる全員が、いっせいにワッと反応する。怒り、散発的な喝采、混乱。

ジェイコブ まじかよ。あいつを放免する？ 俺はその場にいたんだ！ あいつは人殺しだ！

状況を悟ったラリーの表情が、硬くなる。そして――

テセウス 逮捕する！ 全員だ！ 杖を下ろせ！

テセウスが杖を上げ、五人の黒い闇祓いと緊迫したにらみ合い状態だ。

首に呪文を受けて、テセウスが倒れる。ヘルムートが現れる。その杖先から煙

が出ている。

ヘルムート　（ドイツ語で）連れていけ。

二人の闇祓(やみばら)いがテセウスを引っ張り上げる。

ニュートが向きを変え、自分が撃(う)たれたようにショックを受けて、人混(ひとご)みをかき分けて進む。

ニュート　テセウス！ テセウス！

ニュートが人混みを割(わ)って進むその脇(わき)に、ラリーとジェイコブがやってくる。

ラリー　ニュート、ニュート。ここじゃダメ。ニュート、勝ち目はないわ。

ヘルムートが冷静に振り向き、その後ろに控えた闇祓いたちもニュートたちに向き直る。

ラリー　行きましょう、ニュート。連中はドイツ魔法省を押さえているのよ。逃げなくちゃ。

ジェイコブは、われ先に逃げようとする人たちに押されながら、大広間に向かって叫ぶ。

ジェイコブ　そんなのありかよ……おかしいぜ。正義じゃない……入念な調査なんて……あんたたち、その場にいたのか？……俺はいたんだ……あんたたち、人殺しを解放したんだ！

ラリーがジェイコブをつかむ。

ラリー　逃げなくちゃ！　逃げるのよ！　ジェイコブ、さあ！

群衆の叫びがあがる。グリンデルバルドのバナーが魔法省を取り囲む人だかりの上に広がり、群衆はグリンデルバルドの名を唱える。その声がどんどん大きくなる。

カット　画面切り替え

完全な静けさ。
暗い空から砂糖のような雪が降っている。

シーン30　屋外　ホグズミード──夜

ホッグズ・ヘッドの店先の鎧戸が閉まり、閉店中の看板がかかっている。通りは白く長い毛布のよう。静謐。

シーン31　屋内　二階の部屋──ホッグズ・ヘッド──同じ時──夜

ダンブルドアがアリアナの肖像画の前に立っている。あたかも、アリアナが彼を見つめているようだ。

シーン32　屋内　ホッグズ・ヘッド――同じ時――夜

ダンブルドアとアバーフォースしかいないパブで、二人が向かい合って座り、食事している。しばらくの間、スプーンでスープをすくう音だけが聞こえる。

ダンブルドア　（スープは）とてもうまい。

アバーフォースは黙って食べ続ける。

ダンブルドア　彼女の好物だった。作ってくれって、母さんにねだったのを覚えているか――アリアナが――母さんは、このスープが彼女を落ち着かせるって言った。そう思いたかったのだろう――

アバーフォース　アルバス。

ダンブルドアが食事の手を止めて弟を見る。ややあって、アバーフォースが顔を上げ、まっすぐにダンブルドアを見る。

アバーフォース　俺もそこにいた。同じ家で育ったんだ。兄貴が見たものは、俺も全部見た。

（間）

全部だ。

アバーフォースはまたスープを掻き込み始める。ダンブルドアは弟をじっと見て、二人の間の距離の重さを感じる。それから彼も自分のスープに戻る。そのとき——突然——戸を叩く音が聞こえる。アバーフォースが、大声でぶっきらぼうに答える。

アバーフォース　看板を読め、マヌケ！

ダンブルドアは、入口の向こう側に見知った人影を見て、立ち上がる。

シーン33 屋内／屋外 パブの入口――直後――夜

ダンブルドアがパブの戸を開ける。ミネルバ・マクゴナガルだ。

ミネルバ・マクゴナガル　お邪魔して申し訳ありません、アルバス――

ダンブルドア　何事ですか？　話してください。

ミネルバ・マクゴナガル　ベルリンが。

シーン34 屋内 ホッグズ・ヘッド――続き――夜

アバーフォースは座ったまま、マクゴナガルとダンブルドアが小声で話すのを聞いている。そして――何かを感じ取ったかのように――振り向く。

カウンターの中の汚れた鏡の表面が、奇妙に光っている。

アバーフォースはゆっくり立ち上がって、部屋を横切り、鏡を見つめる。自分の姿がぼんやり映り、その上に、池の表面に浮いてきたかのように、文字が現れる。

どんな気持ちか、わかるか?

アバーフォースはその文字をしばらくじっと見て、それから手ぢかにある油じ

みた布を取って鏡の文字を拭く。

シーン35　屋内／屋外　パブの入口——直後——夜

マクゴナガルがいらいらと両手をもむ。ダンブルドアは深刻な表情で、今聞かされたことを考えている。

ダンブルドア　午前中の授業を誰かに代わってもらわなければ。あなたに頼めるかな？

ミネルバ・マクゴナガル　もちろんですわ。それから、アルバス、ああ、どうか……

ダンブルドア　ベストを尽くす。

マクゴナガルは立ち去りかけて立ち止まり、パブに呼びかける。

ミネルバ・マクゴナガル おやすみなさい、アバーフォース。

アバーフォース（声のみ） おやすみ、ミネルバ。あんたをマヌケ呼ばわりして悪かった。

ミネルバ・マクゴナガル お詫びを受け入れますわ。

マクゴナガルは立ち去り、ダンブルドアは戸を閉める。

シーン36 屋内 ホッグズ・ヘッド──続き──夜

足音に気が付き、アバーフォースが鏡から目を逸らして振り返ると、ダンブルドアがコート掛けから帽子とコートを外しているのが見える。

ダンブルドア　残念だが、ゆっくりしていられなくなった。
アバーフォース　世界を救いに行くのか？
ダンブルドア　私（わたし）では力不足だ。

ダンブルドアはコートを羽織（はお）りながら立ち止まり、鏡に目を留める。「**孤独（こどく）が**どんな気持ちか、わかるか？」の文字がゆっくりと現（あらわ）れるのを見る。鏡から目を逸（そ）らすと、アバーフォースが自分を見つめている。

アバーフォース　聞かないでくれ。

兄弟は見つめあったまましばらくその場に立ち、やがてダンブルドアが出ていく。アバーフォースは兄の去っていく足音を聞き、それからもう一度鏡の文字を見る。

シーン37

屋外 中庭──ヌルメンガード城──
同じ時──夜

輝くフェニックスが、さっと空を飛び、パンくずをとらえる。

その下にクリーデンスが立っている。フェニックスを見る顔が静かな喜びに満ちている。

シーン38

屋内 居間──ヌルメンガード城──
同じ時──夜

グリンデルバルドが大きな窓のそばに立っている。窓の外を飛ぶフェニックス

を見ていると、ダンブルドアの姿が窓ガラスに映り、やがてその映像はゆっくりとカーマの姿に置き変わる。グリンデルバルドは目を離さずにカーマの姿を観察する。そのときロジエールが部屋に入ってくる。

ロジエール 何千人もの人が通りに出て、あなたの名前を呼んでいます。あなたは自由です。

グリンデルバルドが頷く。

グリンデルバルド 明日だ。明日の朝、訪ねてくる者がいる。
ロジエール 出発の準備をしろと、皆に言え。
グリンデルバルド 今夜ですか？
ロジエール 出発の準備をしろと、皆に言え。
グリンデルバルド 明日だ。明日の朝、訪ねてくる者がいる。

窓越しに、灰をまき散らしながら飛ぶフェニックスの姿が一瞬視界に入ってくる。グリンデルバルドは中庭をじっと見る。そこにはクリーデンスが立っている。

ロジエール あの鳥はどうして彼と一緒に？ 彼のしようとしていることを感じ取っているのだろう。

グリンデルバルド それで、確信がおありなのですか？ あの子がダンブルドアを殺せると。

ロジエール

グリンデルバルド あいつの痛みがあいつの力だ。

カット　画面切り替え

ロジエールがグリンデルバルドを見る。

シーン39 ――屋内 ドイツ魔法省のオフィスの一室――朝

ニュート、ラリー、ジェイコブがオフィスで魔法省の役人を追いかけている。

ニュート　僕がおたずねしているのは、イギリスの闇祓い局局長のことなんですよ！　闇祓い局局長を、どこにやったかわからないなんて、ありえないよ！

役人は振り返ってニュートと向きあい、平静な目でニュートを見る。

魔法省役人　我々の主張はですな、その人を拘束してはいない。へもやってはいない。

ラリー　でも、何十人という人がその場にいたんですよ。誰かが証言で

きるわ——それであなたのお名前は？

魔法省役人

役人がラリーの目をじっと見たそのとき——

ジェイコブ　こんなとこ、出ようよ……ヘイ！　待てよ！　あいつだ——

ニュートとラリーが振り向く。ガラスの仕切り壁を通して、ヘルムートが執務室から廊下に出てくるのが見える。最初に駅のプラットホームで見た、背の高い闇祓いと一緒だ。

ジェイコブ　こっち！　こっち！

ジェイコブが自分についてくるようにと役人を手招きする。

ジェイコブ、ラリー、ニュートが急いで廊下に向かう。

ジェイコブ　ちょっと！　ヘイ！　あいつだ。あいつがテセウスの居場所を知ってる。おい！　テセウスはどこだ！

ジェイコブ　あいつだ——あいつがテセウスのことを知っている。

ヘルムートは三人を無視して歩き続ける。

突然、上からギロチンのようにガラスの仕切りが落ちてくる。

シーン40

屋外　ドイツ魔法省——直後——朝

ニュート、ジェイコブ、ラリーが、脇の出入り口から抜け出す。ラリーが立ち

止まる。

ラリー　ニュート。

シーン41　屋外　ドイツ魔法省——直後——朝

ニュートとジェイコブが振り返ると、手袋が片方、宙に浮いている。手袋が、角の柱を回ったところを指さす。ニュートが前に歩いていって手袋を取る。それから、二番目の手袋についていくと、柱の陰の人物に近づく。ダンブルドアだ。

ダンブルドアが手袋の片方を、空中から回収し、もう片方をニュートから受け取る。そしてみんなの先に立ち、にぎやかな大通りをさっさと歩く。どの物陰にも危険が潜んでいるとでもいうように、その目が休みなく動く。

ニュート　アルバス。

ダンブルドア　テセウスはアークスタークに連れていかれた。

ニュート　でも、アークスタークは何年も前に閉鎖された。

ダンブルドア　そうだ。だが、そこは今、魔法省の秘密のB&B（宿泊所）になっている。テセウスに会うには、これが必要だ……これも……これも。

ダンブルドアは両方の手袋を帽子に入れ、数枚の書類を帽子から取り出す。ニュートの視線に気が付き、書類をニュートに渡す。

ダンブルドアは壁のところまで三人を連れていく。そして全員が壁を抜ける。

ラリーは気が進まなそうなジェイコブを押す。

ジェイコブ　待って、ちょっと、ちょっと！

ダンブルドア　コワルスキー君、杖は気に入っただろうね？

ジェイコブ　俺？　あ、うん。ダンブルドアさん、ありがとう。最高ですよ。

ダンブルドア　いつもそれを身に着けているといい。

ラリー

ジェイコブが、どういう意味なのかを考えている間、ダンブルドアは懐中時計をコートから取り出して傾ける。ニュートは、時計の蓋の内側に映っている風景に、クリーデンスの姿が被って映るのを見る。

ダンブルドア　ヒックス先生、ほかに御用がないとして——もっとも、御用があってもだが——どうか今夜の「選挙パーティ」に出席してほしい。コワルスキー君を連れていってくれ。そこでの暗殺計画があるのは確実だ。それを何とか阻止してくださると、大変ありがたい。挑戦は歓迎だわ。それに、ジェイコブが一緒だし。

ジェイコブはこのやり取りを聞いて、ちょっと警戒する。ダンブルドアがそれに気が付く。

ダンブルドア　心配しなくていいよ。ヒックス先生の防衛術（ぼうえいじゅつ）は鉄壁（てっぺき）だ。それではまた。

ダンブルドアは微笑（ほほえ）んで、帽子（ぼうし）をちょっと上げ、立ち去る。

ラリー　おだてるんだから。
　　　　（間）
　　　　でも、確（たし）かに鉄壁（てっぺき）だわ。

ニュートが進み出て、呼（よ）びかける。

ニュート　アルバス！

ダンブルドアが立ち止まって振り返る。

ニュート　あれ、どうなってますか……?

ニュートが、カバンを持つ格好(かっこう)をする。

ダンブルドア　ああ、そうか、カバンね。
ニュート　ええ。
ダンブルドア　心配ない。確(たし)かな人が持っている。

シーン42　屋外　ベルリンの通り──直後──昼近く

バンティー──ニュートのカバンを手にしている──が市電をよけて、通りをきびきびと横切り、革製品の店に入る。

シーン43　屋内　オットーの革製品店──同じ時──昼近く

小さな呼び鈴が鳴り、前掛け姿の大柄で髪の薄い男、オットーが、大ばさみや槌、やっとこなどが取り散らかっている作業机からカウンターに出てきて目を上げる。

オットー いらっしゃい。御用は？

バンティがカウンターに近づき、ニュートのカバンを注意深くガラスのカウンターに載せる。

バンティ ええ、このカバンのコピーを作っていただきたいの。
オットー いいですとも。

男が、タコのできた手でくたびれたカバンをなでるのを、バンティは心配そうに見ている。男はあらゆる角度からカバンを調べ、留め金を外そうとする。
バンティ あ、ダメです。開けないで！ あの、その必要はないの。中はどうでもいいの。

男は不思議そうにバンティを見て、肩をすくめる。

オットー　同じのをもう一つ作れないこたあないよ。

男が背後の棚から紙とペンをとるのに後ろを向いたときに、キリンの赤ちゃんがカバンから首を出して、珍しそうに周りを眺める。バンティはすばやく——やさしく——キリンをそろそろと中に戻す。その直後に男がこちらに向き直る。

オットー　カバンをお預かりして——
バンティ　ああ、いいえ。できないの。預けるのは。それに一つだけじゃなくてもっと欲しいの。あの、私の夫はちょっとうっかりやさんで、しょっちゅう物忘れするの——この間なんか、私と結婚していることを忘れたわ。ありえないでしょ？

バンティは少し不自然に笑うが、それに気が付いて、自分を落ち着かせる。

バンティ　でも私は彼を愛してるわ。
オットー　一体いくつお作りすればいいんで？
バンティ　半ダース。それに二日でお願いしたいんだけど。

シーン44　屋外　ベルリンの通り——直後——昼近く

バンティがニュートのカバンを持って、通りを横切って戻っていく。

シーン45 屋内 クリーデンスの部屋──ヌルメンガード城（じょう）──昼近く

クイニーが下を見下ろしている。ザビニとカローが防衛(ぼうえい)姿勢(しせい)をとっているのが見える。

ザビニ　両手を上げろ。

訪問者(ほうもんしゃ)はおとなしく両手を上げて、歩き続ける……

シーン46　屋外　中庭――ヌルメンガード城――同じ時――昼近く

訪問者はもう数歩進んで止まる。カーマだ。ザビニがほかの仲間を離れて、カーマに近づく。

ザビニ　何者だ？
カーマ　私はユスフ・カーマ。

グリンデルバルドとロジエールが城から出てくる。

グリンデルバルド　客人は誰かな？
カーマ　私は……崇拝者だ。
ロジエール　妹をあなたが殺しました。リタという名前でした。

グリンデルバルドがカーマを見る。

カーマ　　　　　リタ・レストレンジ。

グリンデルバルド　ああ、なるほど。君と妹とは、古くからの血統の同じ血でつながっている——

カーマ　　　　　同じ血でつながっていた。つながりはそれだけだった。

グリンデルバルドは注意深くカーマを観察する。

グリンデルバルド　君を送り込んだのはダンブルドアだな？　彼は、あなたがある動物を所持していることを恐れ、その動物をあなたが利用することを恐れている。あなたをスパイするために私を送り込んだ。あの人にどう報告してほしいですか？

グリンデルバルド　クイニー、本当のことを言っているか？

クイニーはカーマを見る。彼女の目に迷いが見える。

クイニーが頷く。

グリンデルバルドは、暗がりにいるクリーデンスに目を向ける。グリンデルバルドがほとんどわからない程度に頷く。クリーデンスがそっとその場から立ち去る。グリンデルバルドがカーマに視線を戻す。

グリンデルバルド ほかには？

クイニー あなたのことを信奉してはいるけれど、妹の死はあなたのせいだと思っている。妹がもういないことを日々思い出す。息をするたびに、もう息をしていない妹を思い出す。

クイニーは、自分の目をじっと見ているカーマを見る。グリンデルバルドは、

クイニーの言ったことを考えているように一人頷く。それから杖を取り出す。

グリンデルバルド それなら、私が妹の記憶から君を解き放ってもいいだろうな。

グリンデルバルドが進み出て、杖の先をカーマのこめかみに当て、カーマが抵抗を見せるかどうかを観察する。カーマは確固として動かない。

グリンデルバルド いいな？
カーマ ああ。

グリンデルバルドはゆっくりと杖を引き、透明な糸を引っ張り出す。カーマの顔に——ほんの一瞬——喪失感が流れる。クイニーはそれを見ながら、平静を保とうとしている。

その時、透明な糸がカーマのこめかみを離れ、凧のしっぽのように、グリンデ

ルバルドの杖の先でひらひら揺れて、やがて霞のように消える。

グリンデルバルド どうだ、楽になっただろう？

カーマは焦点の合わない目で前を見ている。やがてカーマが頷く。

グリンデルバルド そうだろう。怒りは心をすり減らす。犠牲になるのは自分だけだ。
（微笑んで、さらに）さて、我々は発つところだ。君も一緒に来るかな？　さあ、共通の友、ダンブルドアについてもう少し語ろうじゃないか。

クイニーはグリンデルバルドがカーマを連れて城の中に入るのを見ている。そのとき——カーマがそばを通るとき——カーマの虚ろな目がクイニーの目と合い——一瞬強く輝く——まるでクイニーに何かを伝えようとするように。そして

城の中に消える。

ロジエール　どうぞお先に。

クイニーが目を上げると、自分を観察しているロジエールが見える。
ロジエールがお先にどうぞというしぐさをして、自分も中に入りドアを閉める。

カット　画面切り替え

シーン47 屋外 混み合った通り――ベルリン
――日中

ダンブルドアがベルリンの通りを急ぎ足で歩いている。クリーデンスが跡をつけている。

ダンブルドアは通りを横切り、とある店の前でゆっくり止まる。店の窓にクリーデンスが映っている。車の流れの向こう側で、走る車の間に見える。

ダンブルドアがゆっくりと目の前の雪片を吹くと、それが水玉に変わる。

水玉が透明な弾丸のように窓の中に飛び込み、ガラスに映る電車や車を飛び越え、クリーデンスに届き、その額で壊れる。水玉がはじけると、通りの音が溶けるように消え、遠くに聞こえる。

ダンブルドア　やあ、クリーデンス。

　ダンブルドアが振り向いてクリーデンスと向き合う。ダンブルドアが通りを横切ってクリーデンスに近づく間、クリーデンスは緊張し、杖を構える。周囲の世界は違って見え、なぜか動きが遅い。あたかも、鏡に映るベルリンの街の中に入り込んだかのようだ。

　二人はお互いに回り込む。どうやら周囲の人たちは何も気が付かない。クリーデンスは杖を構えている。

クリーデンス　どんな気持ちか、わかるか？　この孤独が。ずっと一人きりだ。

　ダンブルドアは徐々に気づく。

ダンブルドア 君だったのか。鏡のメッセージを送っていたのは。僕はダンブルドアだ。あんたは僕を捨てた。僕の体に流れている血があんたにも流れているのに。

クリーデンス

フェニックスが飛び過ぎていく。ダンブルドアがそれをちらりと見上げる。クリーデンスの内側から出てくる暗いエネルギーが、外に流れ出し、道路の敷石を砕き、二人の周りの電車の線路を持ち上げる。ダンブルドアはそのエネルギーを観察し、認識する。その間、周りの世界は通常通りに続いているように見える。

クリーデンス 鳥はあんたのために来たんじゃない。僕のために来たんだ。

クリーデンスの周りで地面が砕け、破れる。ダンブルドアは何が起こるかを感じ取り、身構える。

クリーデンスの杖から緑色の光が飛び出す。ダンブルドアは滑らかに動き、見

事な速さでそれをかわす。クリーデンスは前進して、すぐさま次の呪文を発射し、地面を浮かび上がらせ、砕いてダンブルドアに叩きつける。ダンブルドアは爆発的な攻撃を消散させてから、その矛先の届かない場所に「姿あらわし」する。

クリーデンスは走り出す。車が浮かび上がり、石組みや窓ガラスが持ち上がる、そのすべてを集め、地震を起こし、波立ち震える瓦礫の後ろからダンブルドアに向かって走っていく。ダンブルドアが瓦礫の攻撃をかわし切った瞬間、クリーデンスが襲いかかり、二人は腕を絡ませて一対一で戦う。

二人の背後に電車が近づき、ダンブルドアは後方に「姿あらわし」する。クリーデンスも後に続く。カメラも二人を追って電車の中へ。クリーデンスが激しい攻撃の手を緩めずにダンブルドアを追い、またしても強力な呪文を放って電車を真っ二つにする。目にもとまらぬ速さで電車の中から外へ、そして通りへと戻る二人を、カメラが追う。

静寂。

通りは不気味な静けさ。クリーデンスは初めて周りの世界の様子が違うことに気づく。

クリーデンスが突然首筋に杖を感じて振り向くと、ダンブルドアが後ろに立っている。

ダンブルドアが「灯消しライター」を掲げる。

ダンブルドア　真実は見かけと同じではないぞ、クリーデンス。君が何を聞かされてきたとしても。

カチッと鳴らすと、周りのすべてがライターの中に吸い込まれ、絵画のように融けて、あたかも遠い記憶のように、現実世界のネガが残る。

クリーデンス　僕の名はアウレリウスだ。

ダンブルドア　あいつは、君の憎しみに火をつけようとして、うそを吹き込んだ。

焦燥感にかられ、クリーデンスは、電光石火で打ちかかる。しばらくの間二人は、速攻の連続で一騎打ちを続ける。

クリーデンスが次々に繰り出す爆発的な呪文を、ダンブルドアは軽々と防ぐ。ダンブルドアが手を伸ばして、クリーデンスに向けて放った呪文で、クリーデンスがよろめいて後退する。その体から、黒くうねる物質の塊が噴き出す。

ダンブルドアの呪文で、クリーデンスは通りの雪の上にゆっくりとあおむけに下ろされる。上を見ると、荒れた空と輪を描いて飛ぶフェニックスが見える。

ダンブルドアは肩で息をしながら、杖を下ろす。クリーデンスの背後では黒い煙がたちのぼっている。ダンブルドアは、フェニックスが舞い降りてきて、クリーデンスの上にしばらく浮かび、やがて羽ばたいて飛び去るのを見ている。

新しいアングル——クリーデンス

ダンブルドアが近づき、膝をつく。クリーデンスのそばで——静かに——眺めている。

クリーデンスの目が動き、ダンブルドアの目を凝視する。

ダンブルドア 連中が君に話したことは真実ではない。しかし私たちは確かに同じ血を継いでいる。君はダンブルドアだ。

これを聞き、クリーデンスがダンブルドアと目を合わせる。二人は心を通わせ

ながら、しばらく見つめあう。黒い気体がクリーデンスの体に戻っていく。ダンブルドアがそっとクリーデンスの胸に手を置く。

ダンブルドア　苦しんだだろう。すまない。私たちは知らなかったのだ。誓って。

ダンブルドアが灯消しライター(ひけし)をもう一度取り上げ、呪文(じゅもん)が流れ出すと、二人は現実のベルリンの通りに戻(もど)っている。二人が決闘(けっとう)した世界は、二人の下の雪解(ゆきど)けの水たまりに映(うつ)っている。

ダンブルドアはクリーデンスから離(はな)れて注意深く彼(かれ)を観察し、手を差し伸(の)べる。

クリーデンスがその手を取ると、ダンブルドアは屈(かが)んでクリーデンスを助け起こし、それからあわただしい街の通りに戻(もど)っていく。クリーデンスはその姿(すがた)をじっと見ている。

シーン48 屋外　地下鉄（Uバーン）の閉鎖された入口――ベルリン――同じ日――夕方

ニュートがUバーンのゲートに近づいて、さびた錠前を外す。

シーン49 屋内　アークスターク牢獄――ベルリン――直後

短くなったろうそくが、壁一面に並んだ狭い整理棚の前に座っている、もじゃもじゃ頭の牢番を不気味な光で照らしている。

ニュート　兄に会いに来たのですが。テセウス・スキャマンダーという名

ニュートがダンブルドアにもらった書類を差し出すが、持ち歩いてくたびれたティナの写真が机に落ちる。魔法のかかった印鑑が、勇み足で、ニュートの書類を越えて写真に向かう。ニュートは間一髪で写真を拾い上げる。

ニュート　　すみません、それはただの……

ニュートはそのとき、牢番がテセウスのネクタイをしているのに気が付く。

ニュートはしばらく見つめる。すると、

牢番　　杖。

ニュートは顔をしかめてコートに手を突っ込み、しぶしぶ従う。牢番はこわばった体で立ち上がり、自分の杖でニュートの体を調べ始める。ポケットのとこ

で……

ろで、キーキー声が聞こえる。

ニュート　あ、それは——僕は、魔法動物学者で……

牢番はピケットをポケットから取り出す。

ニュート　この子はまったく無害です。ただの……ペットです。ほんとに。

ピケットが首を伸ばしてしかめっ面をする。

ニュート　ごめんよ。

テディが別のポケットから頭を覗かせる。

ニュート　テディです——まったく手の焼ける子で——正直言って——

牢番 そいつらは置いていけ。

しぶしぶニュートが二匹を渡す。牢番がピケットをニュートの杖と一緒の整理棚に入れ、テディを別な整理棚に入れるのを、ニュートはみじめな表情で見ている。テディの小太りの体は、小さな整理棚にぎゅうぎゅう詰めだ。ピケットが恨めしそうにキーキー声をあげる。

牢番が、胸の悪くなるようなグチャッという音とともに、るバケツに手をつっこみ、一匹つまみ出して握り、こぶしで振り動かすと、地虫は一瞬そこでひくひく動き、蛍のような虫に変身する。牢番はそれを小さなブリキのランタンに入れる。それがパタパタ飛ぶと、ランタンがゆらゆら揺れる弱い光を放つ。ニュートはランタンを手にして、暗い通路を見る。

ニュート どうやって兄を探せばいいんですか？
牢番 お前の兄だろう？

ニュート そうです。お前の兄に似ているやつを探せ。

ニュートが歩き始めると、ピケットがその姿をじっと見ている。

暗がりに飲み込まれる前に、ニュートが振り返る。

ニュート 戻ってくるよ、ピック。約束する。
牢番 「戻ってくるよ、ピック。約束する」。ヘッ、なら俺もいつか魔法大臣になるさ。

牢番はニヤッと残酷に笑う。テディは見つめ続け、ピケットは牢番に向かって舌を出す。

シーン50　屋外　ドイツ魔法省——夜

魔法省の周囲の道は今やグリンデルバルドの支持者で溢れている。グリンデルバルドの顔を描いたプラカードを持ち、ドラムを激しく打ち鳴らしている。階段の一番上で、ヘルムートが無表情にそれらを見渡している。

シーン51　屋内　グリンデルバルドの車——続き——夜

グリンデルバルドは——覚めた目で興味深そうに——車の色ガラスの外に次々現れる見知らぬ顔を眺めている。ロジエールが隣に座っている。

窓の外の顔にはもはや焦点があっておらず、かわりにガラスに映っているのは、グリンデルバルドだけに見えるイメージで、杖を持っているジェイコブだ。ロジエールが前屈みになって運転手に話しかけている。

ロジエール 　裏に回って。ここは安全じゃないわ。

グリンデルバルド 　（我に返って）いや、窓を下ろしてくれ。

ロジエール 　えっ？

グリンデルバルド 　窓だ。窓を開けろ……

ロジエールが震える手を伸ばし、少しだけ窓を開ける。たちまちたくさんの手が車の中の人影をさぐり始め、騒がしい人声が入ってくる。グリンデルバルドは終始目を閉じて落ち着いている。そして、何の前触れもなく、彼はドアのロックを外し……

ロジエール 　だめ！　だめです！

グリンデルバルドは外の混乱の渦の中に出ていく。ロジエールは凍り付いたように座っている。

シーン52

屋外　ドイツ魔法省——続き——夜

グリンデルバルドは、古代ローマの行政官(ぎょうせいかん)のように手を振りながら、熱狂(ねっきょう)する支持者(しじしゃ)たちの群れに担(かつ)ぎ上げられて階段(かいだん)を上る。

シーン53　屋内　上階のバルコニー――ドイツ魔法省
――同じ時――夜

背の高い英国の魔女が、フランスの大臣(ビクトール)、フィッシャー、フォーゲルと並んで立ち、どんどん膨れ上がる群衆を見下ろしている。

フォーゲル　群衆は、我々に聞いてはどうかと促しているわけではなく、聞いてくれと頼んでいるわけでもない。聞けと要求しているのだ。まさか、あなたは、あの男の立候補を提案しているのでは――

英国の魔女　そうだ！　そう。あの男を立候補させるのだ！

フォーゲル

下のほうで、真っ青な顔のロジエールが車から降りて、グリンデルバルドが群衆にもまれて動いていく姿を見ている。

英国の魔女

フォーゲル

ゲラート・グリンデルバルドはマグルと魔法界の戦争を望んでいるのですよ！ そうなれば、マグルの世界も破壊されるばかりでなく、我々の世界も破壊されるでしょう。だから、彼は選挙で勝ってはならない！ 立候補させて民に投票させるのだ。彼が落選すれば、民意を反映させた上でのことになる。投票させなかったら……この街が血に染まる。

フォーゲル以外の魔法使いたちも下を見て、グリンデルバルドが群衆に担ぎ上げられて、魔法省の階段を上がってくるのを見つめる。

シーン54 屋内 通路――アークスターク牢獄――夜

小さなちらちらする明かりが近づいてくる。明かりがもっと近くに来ると、ニュートの姿(すがた)がはっきり見える。ニュートが立ち止まる。

ニュート　テセウス！

周りの暗がりで小さなものがたくさん動く気配。

ニュートが屈(かが)んでランタンを振(ふ)る。小さなカニのような生き物が一匹(ぴき)――赤ん坊(ぼう)のマンティコア――かさかさとやってくる。ニュートを見て、触手(しょくしゅ)を振る。それは――どう見ても――かわいらしい。

ニュートはあまりかわいいとは思わないようだ。ニュートが見ているうちに、別の赤ん坊マンティコアが現れ、またまた別のが現れ、さらに別のが現れる。一匹が上を見て歯をむき出す。かわいらしくない。

ニュートが後退りして吹き抜けのような場所に近づく。両足が大きな竪穴の縁にかかる。巨大な暗い穴を見下ろす。下の暗がりで、何かが動く。

ニュートは突然、奇妙なカニのようなポーズをとる。赤ん坊マンティコアたちもそれをまねる。

シーン55 屋内 大広間──ドイツ魔法省──夜

ロブスターの料理がいくつも、テーブルに運ばれる。ラリーは着席していて、

部屋をくまなく見まわし、リウとサントスが座っているテーブルに注意を向けて、二人の周りをまわっているウェイターや後片付けのボーイたちに、何か危険な気配はないかと見張っている。一人の暗い目をしたウェイターがラリーの視界に何度も入ってくる。

ジェイコブのゴブレットに魔法でワインが注がれ、グラスを持ち上げると――部屋の向こうからエディスが盛んに手を振っているのに気づき――乾杯のしるしにグラスを傾ける。そのとき、エディスの左側に座っている指揮者のようなヘアスタイルの、偉そうな魔法使いに気が付く。

ジェイコブ　　ラリー、あの変な髪の男。エディスの隣。人を殺しそうな顔だぜ。それに俺の叔父のドミニクそっくりだ。
ラリー　　（その男を見て）そのドミニク叔父さんって、ノルウェーの魔法大臣かしら？
ジェイコブ　　いいや。
ラリー　　ちがうでしょうね。

ラリーは微笑む。そのとき突然、広間の中の雰囲気が変わり、グリンデルバルドとお付きの者たちが、意気揚々と広間に入ってくる。髪は乱れ、上着はもみくちゃになったグリンデルバルドは、中身のない取り巻き客ばかりのこの部屋では、さっそうとした本物に見える。グリンデルバルドは屋敷しもべ妖精の四重奏楽団に向かって演奏を続けるようにと言う。

グリンデルバルドは広間を進み、あとにはロジエール、クイニー、カーマ、カロー、ザビニなどのアコライトたちが続く。

クイニーが通り過ぎるとき、ジェイコブが立ち上がる。

ジェイコブ　クイニー……クイニー。

クイニーはジェイコブがそこにいることを知っているが、完全に無視する。

グリンデルバルド (サントスを見つけて)マダム・サントス。光栄です。あなたの支持者たちは、なかなか熱い応援ですな。

サントス (冷たい微笑) そちらこそ、グリンデルバルドさん。

グリンデルバルドはとってつけたように微笑む。

シーン56 屋内 通路の奥──アークスターク牢獄──夜

テセウスが小さな独房で逆さづりになっている。カタカタという音が近づいてきて、テセウスは通路に目を凝らす。ニュートが変なカニ歩きをしながら、何百匹もの赤ん坊マンティコアを引き連れてやってくるのが見える。全部がニュート

のまねをしている。

テセウス　助けに来たのか？
ニュート　だいたいそんなところだ。
テセウス　（ニュートのカニ歩きに）それ——お前の恰好——作戦だろうな？
ニュート　大脳辺縁系擬態っていうテクニックだよ。狂暴な攻撃をさせないための。理論上はね。一度しか試してないけど。
テセウス　で、効果は？
ニュート　結論が出ない。なにせ、試したときは条件が厳しくコントロールされた実験室の中だった。今は、明らかに条件不安定だから、最終結果は、もっと予測しにくい。
テセウス　最終結果は我々が生き残るかどうかだろうな。

巨大な触手が下の暗がりから現れる。ニュートはじっと動かない。テセウスと

ニュートは警戒して顔を見合わせる。ニュートはそろそろと振り返って触手を見る。触手は一瞬ニュートを観察する。そのときテセウスの隣の独房のランプの明かりがプツンプツンと音を立てて消える。

（間）

そして——

触手は穴に引っ込むが、サソリのような巨大な尾が今や暗くなった独房に突っ込み、中から繭のようにぐるぐる巻きになった死体を引っ張り出して下の穴に引きずり込む。

死体が下の暗がりから投げ返され、二人のすぐそばにぐちゃりと落ちる。ニュートがランタンを上げて見ると、腹を裂かれている。赤ん坊マンティコアたちがその餌に群がる。ニュートはその隙に独房に入り込み、テセウスの足首を縛っている糸のようなものを切る。

ニュートが最後の一本を切り離すと、テセウスが地面に落ちる。

テセウス　　よくやった。

兄弟が独房の外に出ると、マンティコアたちがまたしても海のように群がり、二人の行く手を阻んでいる。

テセウス　　それで、作戦は?
ニュート　　これ、持ってて。

ニュートがランタンをテセウスに渡し、両手をラッパのようにして、ヨタカの鳴き声のような奇妙な口笛を吹く。

シーン57 屋内 アークスターク牢獄──同じ時──夜

牢番が両足をデスクに上げて、鼾をかいて寝ている。ピケットが自分の入っている整理棚の錠前を外して戸を開ける。

シーン58 屋内 アークスターク牢獄──同じ時──夜

テセウス　一体全体、それは何のまねだ？
ニュート　僕たち、助けが必要だから。

ニュートはすぐさま、バレエのような大脳辺縁系擬態(だいのうへんえんけいぎたい)のポーズをとる。赤ん坊マンティコアたちがすぐそれをまねる。

ニュート　　僕(ぼく)のやる通りにして。

　　　　　　（間(ま)）

　　　　　　さあ。

テセウスは同じ姿勢(しせい)を取り、ニュートとテセウスはカニ歩きでその場を離(はな)れる。

ニュート　　そうは見えないな。
テセウス　　お前と同じように揺(ゆ)れているよ、ニュート。
ニュート　　それじゃあちゃんと揺(ゆ)れてない。ユーラユラと、デリケートに。

二人の間の独房(どくぼう)入口のランプがもう一つ消える。尾(お)が伸(の)びてきて、もう一つ死体を持っていく。

一瞬の後、その死体が二人の足元にぽいと捨てられる。テセウスとニュートが顔を見合わせる。

テセウス　ユーラユラ。

シーン59　屋内　大広間——ドイツ魔法省——夜

クイニーが黙って座っている。涙が一滴クイニーの目から、テーブルの誰にも見えないほうの頬に流れ落ちる。

広間の向こうから、ジェイコブがじっとクイニーを見ている。カメラは二人に固定。二人だけの世界。周りの世界は無関係で、消えていく。そして……

グリンデルバルド　あいつのそばに行け。

クイニーがびっくりする。グリンデルバルドがすぐそばで身を屈めている。グリンデルバルドがクイニーの肩越しに、入口近くをうろうろしているクリーデンスのほうを見て頷く。クイニーが立ち上がり……

グリンデルバルド　クイニー、あいつに心配するなと言え。失敗したらしいが、まだチャンスはある。私には、彼の忠誠心が大切なのだ。

グリンデルバルドの目はクイニーをじっと見ている。クイニーは頷き、彼から離れて歩き出す。

新しいアングル──ラリーにカメラを向ける

ラリーは広間を歩いてくるクイニーを見ている。ジェイコブは、彼女が通り過ぎるときに立ち上がるが、クイニーは心を鬼にして——今やそれが難しいのが見て取れるが——ジェイコブを無視する。ジェイコブは打ちひしがれて、また座る。

ラリーがグリンデルバルドのほうを見る。ロジエールが暗い目をしたウェイターと一緒に広間に入ってきて、何かをささやく。暗い目のウェイターはいったん立ち止まって、それからサントスのテーブルのほうに行く。

ラリーは、ルビー色の飲み物のグラスを持って広間を歩いていく暗い目のウェイターの跡を目で追い始める。ナプキンを放り出し、席を立ちながら、ラリーはジェイコブを振り向く。

ラリー　　ここにじっとしていて。

ジェイコブはワインをもう一杯ひっかける。

ラリーはウェイターたちを押しのけ、片付け役のボーイたちの間を縫って進む。

ラリー （一人のウェイターが持ったワインをひっくりかえしかけて）ごめん。

ラリーは、暗い目をしたウェイターがサントスにより近づいていくのを見る……

……暗い目をしたウェイターが、サントスのほうに屈みこんで、ワインの入ったグラスを置く。

ラリーが近づくが、二人のボディガードに阻まれる。

ジェイコブ よーし……

ジェイコブは揺れる船上の船客のように、よろよろとグリンデルバルドのテーブルに近づく。

サントスがグラスを手に取ると、ルビー色の赤い液体が、怪しく空中に昇る。ラリーがグラスの液体に、こっそり呪文を送る。サントスのグラスの上に浮かんだ液体が貴賓席の上を飛び、ドアに当たり、木のドアが腐る。

ジェイコブがグリンデルバルドのテーブルにやってくる。グリンデルバルドは、そのときやっとジェイコブに気が付き、穏やかにジェイコブを見る。

ジェイコブ　彼女を返せ。

グリンデルバルド　え？

ジェイコブが杖を抜く。

ノルウェーの魔法大臣　暗殺者だ！

ラリーが振り向いて、今や両手を上げているジェイコブを、信じられない面持ちで見る。

シューッ！　ラリーがまた杖を振り、ジェイコブの杖を持った腕がまっすぐに上に突き上げられる。竜巻のような渦が広間を襲い、広間にあるものが、まるでブレンダーに投げ込まれたかのように動く。

ラリーはすぐに次の呪文を送り、ボディガードたちの靴の紐が絡まるようにする。

シャンデリアが揺れ、壁のカーテンが激しく波うち、テーブルクロスが前に後ろに動き、ナプキンが鳩のように飛び交う中を、客たちが逃げる。

誰かの姿が感じられる——見覚えのあるぼやけた姿——ずっと離れたところに。
ジェイコブの目が慣れてきて焦点が合うと、カメラもその姿にフォーカスする。
その姿は……

クイニーだ。

クイニーもジェイコブと同じように、まだ騒ぎのただ中にいて、ジェイコブを見つめている。二人の目がしっかりと合う……

……クイニーの姿が、カーマに引っ張られて視界から消え始める。

ヘルムートと闇祓いたちが広間に入ってくる。

クイニーは消える寸前に自分の杖を振り、椅子をヘルムートのほうに飛ばす。

それが一時的にジェイコブをヘルムートの目から隠す。

ラリーが本を取り出して空中に放り投げる。シャンデリアをヘルムートと闇祓いたちの上に落とす。本のページが滝のように流れ出して、階段状になる。ジェイコブが振り向いて急いでその階段を上る。ラリーは闇祓いたちに呪文を投げつけながら、ジェイコブの反対側から急いでページの階段を上る。ヘルムートが火のような呪文を発し、ラリーに向かって急いでいるジェイコブの足元の階段が燃える。シューッ！　二人は本に吸い込まれる。

シーン60　屋内　アークスターク牢獄──同じ時──夜

牢番が鼾をかき、椅子が後ろに傾く。テディは──牢番が首に締めている光るネクタイの端をしっかりくわえている──引っ張られて前に滑る。小さな両足の

肉球がデスクをこすってキーキー音を立てる上のほうで、ピケットがニュートの杖を取り出そうとして、整理棚の端でグラグラしながらバランスをとっている。

下では牢番が目を覚まし、椅子が元の位置に戻りかける。そして……

テディに引っ張られて、ネクタイの結び目がとうとうほどけ、椅子がまた後ろに倒れる。牢番は切られた木が倒れるように整理棚に強くぶつかって、ピケットがはずみで棚から放り出される。

テディは宙に放り上げられ、空中で、地上に落ちてくるピケットとすれ違うが、まったくおかまいなしで、上から落ちてくるコインに夢中。自分が下に落ちる前に、落ちてくるコインを何枚もつかみ取る。

口笛がまた鳴り響く。

シーン61 屋内 独房棟――アークスターク牢獄――同じ時――夜

ニュートの持つランプの明かりが明滅する。突然クシャッという音がして、テセウスが立ち止まる。

赤ん坊マンティコアたちが突然、動きを止めて二人を見つめる。テセウスが下を見て、慎重にゆっくり右足を上げると、その下に、赤ん坊マンティコアが一匹、踏みつぶされている。

テセウスがニュートを見る。

その瞬間、テセウスのランプが急にプツンプツンと消え、二人は暗闇に取り残される。赤ん坊マンティコアたちが逃げていく。

巨大な尾が伸び上がってきて、鎌首のように後ろに引いて攻撃の姿勢をとる。

兄弟が一体となって跳び出し、尾は二人のすぐ近くの独房の壁を強打する。

ニュートとテセウスは全速力で通路を走るが、マンティコアの尾と触手が鞭のように襲いかかり、のたくり、打ち壊し、二人の背後から火の玉を投げつけてくる。そのすぐ後ろから割れ目を押し開き、巨大なマンティコアそのものが追ってくる。

テセウスが右にまわりこみ、危ない岩棚の淵に沿って走る。怪物はテセウスに向かって残忍に襲いかかり、目も、触手も手足も、テセウスに打ちかかる。テセ

ウスは怪物にあわや串刺しにされる寸前に、左に倒れる。

ニュートとテセウスがまた一緒になって走る。背後で天井が崩れ、巨大なマンティコアは閉じ込められる。

テセウスがほっと安堵したとたん、マンティコアの触手がテセウスの腰に巻き付き、引っ張っていく。ニュートが必死に追い、テセウスの体をつかむ。

二人に向かって駆けてくるのは、テディだ——テセウスのネクタイをしっかりくわえているテディと、その上にカウボーイのようにまたがっているピケット——ニュートの杖を抱えている。牢番が二匹の後ろから、呪文を飛ばしながら追ってくる。呪文がテディに当たり、ピケットはニュートの杖を持ったまま前方に放り出される。

巨大なマンティコアに、棲み家の竪穴の縁に引っ張り込まれようとするテセウ

スを、ニュートが必死につかんでいる。ピケットが杖と一緒にニュートの足元に着地する。

ニュートがピケットを見て、杖を取る。ピケットは素早くニュートにつかまる。
ニュートがテディに呪文をかける……

ニュート　アクシオ！

……テディは宙に浮き、ニュートたちのほうに転げてくる。

ニュート　ネクタイをつかめ！

みんなが竪穴を転がり落ち始める。

……そしてみんなが消える。

牢番は一人笑いをする。そのとき、手にしたランプがちらついたと思うと、消える。牢番はハッとして真っ暗な闇を見つめる。

シーン62 屋外 樹木の繁る場所——続き——翌朝

ニュートとテセウスは、灌木にぶつかりながら落ち、苔むした地面にドスンと着地する。二人は体じゅう木の葉だらけになって立ち上がる。まだ手をつないだままだ。

テセウスはマンティコアの触手を腰から払いのける。触手はずるずると湖のほうに滑っていく。

ニュート　ネクタイがポートキーだった。

テセウスが、まだネクタイをくわえているテディを、ニュートに渡す。

テセウス　ああ。
ニュート　（ピケットとテディに）お前たち、よくやったぞ。

ニュートとテセウスが木立から出て、光る湖の向こうを眺める。そこに城がそびえている。テディとピケットがニュートのポケットから顔を覗かせる。ピケットが嬉しそうな声をあげる。

ホグワーツだ。

城の上空で、クィディッチの選手が一人、金色のスニッチを追っている。

シーン63 屋内 大広間――ホグワーツ――直後――朝

ラリーが、朝食を終えようとしている生徒たちと一緒のテーブルにいる。

ラリー 二人とも私に聞かなかったけど、私は呪文学を強く勧めるわ。

ニュートとテセウスが入ってくる。

ラリー ラリー。
ニュート 遅かったわね。
ラリー ちょっと面倒があってね。あなたは?
ニュート こちらもちょっと面倒があったの。

ラリーがニュートに、「日刊予言者新聞」を渡す。テセウスがニュートの肩越しに覗き込む。一面記事に、グリンデルバルドとジェイコブの写真があり、その上の大見出しにでかでかと──

殺し屋マグル！

テセウス　ジェイコブがグリンデルバルドを殺そうとした？
ラリー　　まあ、話せば……長くなるわ。

ジェイコブは、寮のテーブルの一つに、何人かの生徒たちと座っている。自分の杖を見せている。

赤毛のレイブンクロー生　本物のスネークウッドなの？
ジェイコブ　正真正銘、スネークウッド。

小さな二年生の魔女が身を乗り出す。

小さな魔女　見ていい？

小さな魔女が杖に手を伸ばす。

ジェイコブ　ダメ。危険なんだ——強力だから。珍しい杖で、悪者の手に渡ったら——わかるだろ、大ごとだ。
小さな魔女　どこで手に入れたの？
ジェイコブ　クリスマス・プレゼント。
ラリー　（声のみ）ジェイコブ、やっと来たわよ。

ジェイコブが振り返ると、ラリー、ニュート、テセウスがいる。

ジェイコブ　やあ！　俺の魔法使い仲間だよ。

（生徒たちに）ニュートとテセウスだ。俺たちこんな仲なんだ。ジェイコブは中指と人差し指をくっつけ、親指だけ離して手を突き出す。

ジェイコブ 俺ははぐれ者さ。俺、行かなくちゃ。じゃあな、楽しんで。悪さするなよ。

ジェイコブとほかの三人が一緒になる。

ジェイコブ ここ、すごいぞ。ちびっこ魔女や魔法使いがいっぱいだ。
テセウス ウーム、そりゃ驚いた。
ジェイコブ （ニュートに）俺、「殺し屋」だとさ。
ラリー ニュートとテセウスもホグワーツ出身よ。
ジェイコブ ああ、知ってる。うん、みんな親切だ。あそこのスリザリンの男の子たちがこれをくれた。うまいよ。一つ食うか？

ジェイコブはポケットから一袋取り出して、黒い塊を口に入れ、みんなに勧める。

ニュート 　僕、ゴキブリ菓子は好きじゃないんだ。ハニーデュークス店のは一番いいっていうけど。

ジェイコブが青くなると、スリザリンのテーブルからわっと笑い声があがる。スリザリン生たちは大広間の出口のほうに進み、ほかの生徒たちはマクゴナガルに促されて大広間を出ていく。ダンブルドアがやってくる。

テセウス 　マクゴナガル、アルバス。
ダンブルドア 　よくやった。みんな、よくやった。おめでとう。
テセウス 　おめでとう？
ダンブルドア 　そうとも。ヒックス先生は暗殺を見事に阻止したし、みんな生

きているし、元気だ。何もかも作戦通りにいかなかった、ということが作戦だった。不意打ちの基本。

テセウス アルバス、失礼ですが、振出しに戻ったのでは？

ダンブルドア 実は、以前より悪化している。

ラリー （ラリーに）まだみんなに話していないのかね？

テセウスとニュートがラリーを見る。

ダンブルドア グリンデルバルドが立候補を認められたの。

テセウス／ニュート ええっ！ どうして？

ラリー フォーゲルが、正しい道より楽な道を選んだからだ。

ダンブルドアが杖を空中で動かし、街頭アーティストのように、手描きで山と谷のイメージをエッチングする。煙の中からみんなの周りに現れたイメージは、

立体的になり、ゆっくりと美しい風景に変わっていく。みんなが感じ入って見つめる。

ジェイコブが自分のいる場所がわからなくなって、あたりを見まわす。

テセウス　大丈夫だよ。

ニュート　ブータン。

ダンブルドア　正解。ハッフルパフに3点。ブータン王国はヒマラヤ山脈の東部にある。言葉に表せないほど美しいところだ。我々の知っている重要な魔法のいくつかは、ここで生まれた。耳を澄ませば過去が語りかけてくる、といわれる。そして、選挙はここで行われる。

大広間の天井から雲がわく。雲間に寺院が見え隠れする。

テセウス　まさか奴が勝ったりはしないでしょう？

ダンブルドア　つい先日まで逃亡犯だった彼が、今や国際魔法使い連盟、ICWの正式な候補者だ。危険な時代は危険な者を好む。

ダンブルドアが大広間の出口のほうに戻り始める。その背後で、ブータンのイメージが消えて煙になっていく。

みんながダンブルドアの後ろ姿を見つめる。

ダンブルドア　ところで、今夜は村の弟のところで夕食だ。その前に何か必要なら、ミネルバに言ってくれ。

ダンブルドアが去ると、ラリーが体を屈めて、こっそり言う。

ラリー　ダンブルドアに弟がいた？

シーン64　屋内　ホッグズ・ヘッド――後刻(ごこく)――夜

アバーフォースが、キリンの前にミルクの入った皿を置く。キリンはたちまち元気になって、嬉(うれ)しそうな声をあげて皿に屈(かが)み込み、ミルクをなめる。バンティがその様子を眺(なが)めている。

そのとき、入口のドアがガタガタ音を立て、一陣(いちじん)の風とちらつく雪がパブに流れ込(こ)む。人声と足踏(あしぶ)みするブーツの音に続いて、ダンブルドア、ニュート、テセウス、ラリー、ジェイコブが入ってくる。

ニュート　　バンティ！　ここにいたの！
バンティ　　ええ。
ニュート　　キリンはどう？
バンティ　　元気ですよ。

ニフラーが一匹走ってきたので、ニュートが屈み込む。

ニュート　はいはい、アルフィ、今度は何をしたんだ？ またティモシーのお尻をかじったりしてないだろうな？

ダンブルドア　ブロードエーカーさん、弟は丁重におもてなししたでしょうね。

バンティ　ええ、とてもご親切に。

ダンブルドアは弟をちらりと見る。

ダンブルドア　それは良かった。さてと、泊まるところは村に用意してあるし、このアバーフォースがおいしい夕食を作ってくれる。彼の得意料理だ。

カット　画面切り替え

シーン65　屋内　ホッグズ・ヘッド──後刻──夜

ポチャ！──ギトギトした深鍋（ふかなべ）を手に持ったアバーフォースが、長テーブルについたみんなの前の縁（ふち）の欠けた深皿に、ドロッとした灰色（はいいろ）のシチューを取り分けている。

アバーフォース　欲（ほ）しけりゃ、おかわりもある。

みんなが気持ち悪そうに深皿を見る。アバーフォースが階段（かいだん）のほうに行く。

バンティ　どうもありがとう。どうも。

アバーフォースが立ち止まって、笑顔（えがお）のバンティを不機嫌（ふきげん）な顔で見下ろす。それからちょっと頷（うなず）いて、階段（かいだん）を上る。

テセウス　驚いた……見た目がこんなにまずそうなのに、こんなにうまいものは初めてだ。

キリンが嬉しそうに啼く。みんながスプーンを取って食べ始める。

ジェイコブ　このちっこいのはなんだ……あ、やめてくれる？

ニュートがキリンとシチューを争っているジェイコブを見る。

ニュート　この娘はキリンだよ、ジェイコブ。とても貴重なんだ。魔法界では最高に愛されている動物の一つだよ。
ジェイコブ　なんでだ？
ニュート　魂を見抜く力があるからだよ。
ジェイコブ　おい、冗談だろ。

ニュート　（かぶりを振って）いや、善良で立派な魂ならそれを見抜くし、逆に残酷でずる賢い魂の持ち主も見抜く。

ジェイコブ　そうなのか？　それで、どっちかだと言って教えてくれんの？　それとも……？

ニュート　そう言ってくれるわけじゃなくて——この娘はお辞儀をするの。でも、本当に純粋な魂の持ち主の前だけでね。

ラリー　ジェイコブはすっかり感心してラリーを見る。

ニュート　もちろんそんな人はめったにいない。どんなに善人になろうと努力してもね。ずいぶん昔のことだけど、キリンが指導者を選んでいたことがあったの。

ラリー　ジェイコブは自分の深皿を取り上げて、キリンのミルク皿の近くに行く。キリ

ンはジェイコブの周りを飛び跳ねる。ジェイコブがシチューを少しキリンの皿に取り分ける。

ニュートがそんな様子を楽しんで微笑む。そのとき、鏡に目が行く。言葉が一文字ずつ現れる。

家に帰りたい

シーン66 **屋内 二階の部屋――ホッグズ・ヘッド――直後――夜**

部屋の中で、ダンブルドアとアバーフォースが向かい合って座っている。声は低いが、姿勢から見て、深刻な話だとわかる。

ダンブルドア 一緒に来いよ。力になるよ。アバーフォース、彼はお前の息子だ。お前が必要なんだ。

ニュートの主観ショット。ニュートは踵を返しかけるが、そのとき、アバーフォースの手にあるものに気が付く。羽根だ。灰だらけの羽根でアバーフォースの指が、黒くなっている。不死鳥の羽根だ。

ニュートがドアをノックする。

ダンブルドア （声のみ）ニュートか。

アバーフォースは無言でニュートとすれ違う。不死鳥の羽根を握ったままだ。

ダンブルドア （ニュートに）お入り。

ニュートが部屋に入る。

ニュート アルバス。下の階の鏡にメッセージが。

ダンブルドア ドアを閉めて。

ニュートがドアを閉めて、ダンブルドアのほうを向く。

ダンブルドア ニュート、それはクリーデンスからのものだ。私とゲラートが恋に落ちた夏、弟も恋に落ちていた。ゴドリックの谷の娘だった。彼女は遠くにやられたが、噂がたったんだ。子どものことで。

ニュート クリーデンス?

ダンブルドア 彼はダンブルドアだ。私がアバーフォースともっと親しかったら……もっとよい兄だったら、弟は私に打ち明けていたかもし

れない。何もかも違っていただろう。あの子は我々と暮らしたかもしれない。家族の一人として。

（間）

クリーデンスはもう救えない。君にはそれがわかっているはずだ。しかし、彼はまだ、我々を救えるかもしれない。

ニュートが何か言おうとするのを、ダンブルドアが手で遮る。その指が煤で汚れている。

ダンブルドア

不死鳥の灰だ。彼の死が近いから、不死鳥が彼のところに来た。ニュート、私にはそのしるしがわかるのだ。

（ニュートから目を逸らす）そう、妹はオブスキュラスを生むものだった。

ニュートは驚いてダンブルドアを見つめる。

ダンブルドア　そしてクリーデンスと同じく、妹は自分の魔法力をどう表すかを学んだことがなかった。やがてその魔法力が暗いものに育ち、妹を蝕んだ。

ダンブルドアは肖像画を見る。

ダンブルドア　最悪なのは、家族のだれも妹の苦しみを癒やせなかったことだ。

ニュート　お聞きしてもよいですか？──妹さんの最期がどうだったのか。

ダンブルドア　ゲラートとわたしは、一緒に家を出るつもりだった。弟は承知しなかった。ある晩、弟が我々を責めた。罵りあい、怒鳴りあった。アバーフォースが愚かにも杖を抜いた。もっと愚かにも、私も同じことをした。ゲラートはただ笑っていた。アリアナが階段を下りてくる音に誰も気が付かなかった。

肖像画を見つめるダンブルドアの目が涙で光る。

ダンブルドア　私の呪文だったのかどうかわからない。妹はそこにいた。そして次の瞬間、いなくなった……

ダンブルドアの声がかすれて消える。

ニュート　おつらかったでしょう、アルバス。慰めになるかどうか、多分、妹さんは苦しみから解放されて……

ダンブルドア　やめてくれ。ニュート、私を失望させるな。君だけは。君の取り柄は正直さだ。たとえそれが酷なときでも。

ダンブルドアがもう一度肖像画を見つめるのを、ニュートはじっと見る。

ダンブルドア　下にいるみんなが、疲れて帰りたがっているだろう。君も行ったほうがいい。

ニュートは退出しかけるが、ドアの手前で止まる。

ニュート　ラリーがさっき言ったことですが、完全な善人なんてめったにいない。でも、過ちを犯しても、どんなひどいことをしても、やり直す努力はできる。大事なのは、その努力です。

ダンブルドアは振り向かずに、肖像画を見つめ続けている。

シーン67 屋外 ヌルメンガード城──夕方

城の上の濃い青ねず色の空を、カメラが輪を描いて回る。ずっと下に、黒装束の一団が集まっているのが見える。グリンデルバルドとクリーデンスが、城に向かっている。集団が道を空ける。城の入口に到着したグリンデルバルドが振り向いて集団を見まわす。

グリンデルバルド 兄弟姉妹たちよ、我々の時代が近い。隠れて暮らす日々は終わる。世界が我々の声を聞く。耳をつんざくほどの声を。

群衆から歓声があがる。グリンデルバルドはかすかに微笑むが、すぐカーマに目を移す。カーマは声援を送るアコライトたちから離れて、斜め前に立っているが、支持者集団の一部でもあり、集団と離れているともいえる。グリンデルバルドはそのそばに行き、両手でその顔を挟んでカーマを驚かせる。

グリンデルバルド 君がここに来たのは、ダンブルドアへの裏切りではない。純血の心が、君の居場所はここだと知っている。私を信じることとは、自分自身を信じることなのだ。

グリンデルバルドは、もう一度カーマの目をじっと覗き込み、それからカーマを連れて支持者たちのほうに行き、軍団のような群にカーマをやさしく押し込む。

グリンデルバルド カーマ君、忠誠心を見せてくれ。

グリンデルバルドはカーマをそこに残して城に戻る。

シーン68 屋内 地下──ヌルメンガード城──直後──夕方

ズーム──死んだキリン

ぐったりしたキリンの頭が、ぐらりと片方に傾き、首の切り傷が見える。

……水中。奇妙に揺れている水の表面を見上げるショット。すべてが夢の中のように不気味に静かだ。そして誰かが現れる──水を通した姿なので、はっきりとは見えない──何かを抱いている。その誰かが、両手を水に突っ込む。死んだキリンの顔がこちらを向くと、ずたずたの首筋から血が流れ出す

新しいアングル──カメラがグリンデルバルドを映し出す

プールに腰まで浸かって立っている。シャツの袖を肘の上までまくり上げて、何かつぶやきながら水中のキリンを支えている。水が静かになるのを待ち、呪文をささやく。

グリンデルバルド　リナベイト……蘇生せよ。

クリーデンス、フォーゲル、ロジエールが物陰から見ている。

グリンデルバルドは、キリンの首を指でやさしく撫で、傷口をふさぐ。プールの水が泡立つ。キリンの頭が水から出て、甲高く啼く。グリンデルバルドがキリンを水から上げる。

グリンデルバルド　ヴルネラ・サネントゥール……傷よ、癒えよ……

その指先で傷が消え、キリンは頭をグリンデルバルドに向ける。その目は不気

味に虚ろだが、それ以外は健康で無傷に見える。

グリンデルバルドは微笑して、キリンを撫でる。

グリンデルバルド よーしよし、よーしよし……（振り返らずに）さあ、ここで見ろ。

フォーゲルは目を逸らし、その場を動かないが、クリーデンスは物陰から出て、プールの端に行く。

グリンデルバルド 見ての通り、我々は特別なのだ。その力を隠すのは、自らをおとしめるだけでなく、罪深いことだ。

グリンデルバルドはキリンをプールサイドに置く。キリンはそこで立つ。クリーデンスは魔法で蘇生したキリンをうっとりと見る。クリーデンスの反応に満

足したグリンデルバルドは、キリンを振り返り……はたと動きを止める。笑みが消える。自分のキリンと同じうっすらとした影が、一瞬水に映る。グリンデルバルドの目が険しくなる。

グリンデルバルド もう一頭いたのか？
クリーデンス もう一頭？
グリンデルバルド あの夜。キリンはもう一頭いたのか？

暗がりの中で、フォーゲルが振り返り、プールを見ると、グリンデルバルドの目が怒りでひきつっている。クリーデンスは青ざめ、汗ばんで、急に落ち着きをなくしている。

クリーデンス そんなはずは……

グリンデルバルドは恐ろしいスピードでプールの水を投げつけ、クリーデンス

をプールサイドから壁に押しつける。そして水中から一瞬で「姿あらわし」して、指をクリーデンスの喉と顔に這わせる。その目は怒りでギラギラしている。

グリンデルバルド 二度も失敗したな！　お前のせいで、私が窮地に陥ったのがわかるか!?

グリンデルバルドに押さえつけられて、クリーデンスは怖がる子どものように身を固くして動かない。

グリンデルバルド これが最後のチャンスだ。わかったか？　見つけろ。

シーン69　屋内　ホッグズ・ヘッド——朝

ニュートがカバンの中に入っている。

テセウスが赤ん坊を抱くようにキリンを抱いている。

テセウスがキリンをニュートに渡す。二人はまるで子どもを溺愛する両親のようだ。テセウスとバンティは、ニュートがキリンをそっとカバンの中に入れるのを見ている。

シーン70 屋外 ホグワーツ──同じ時──朝

地上に霧がかかっている。橋も城も朝の光で柔らかく輝いている。

シーン71 屋内 八階の廊下──ホグワーツ──同じ時──朝

カメラは、廊下の突き当たりの壁に現れた装飾的なドアに向かって歩いていくラリー、ニュート、テセウス、ジェイコブを追っていく。

シーン72　屋内　必要の部屋――直後――朝

ニュート、テセウス、ラリー、ジェイコブは、突然、がらんとした部屋に現れる。

ジェイコブは完全に混乱した様子で、ニュートの視線を追い、部屋の隅を見る。カバンが五個――ニュートのものとまったく同じもの――円形に並べてある。その後ろにはブータンなどで祈りに使う巨大なマニ車がある。バンティがカバンのそばに立っている。

ジェイコブ　なあ、ニュート、ここはなんなんだ？

ニュート　「必要の部屋」だよ。

ダンブルドアが現れる。

ダンブルドア　みんな、バンティからチケットを受け取っているだろうな？

みんなが頷く。ジェイコブは、素直に、自分のチケットをみんなに見えるように高く上げる。

ダンブルドア　儀式に参加するにはそれが必要だ。

ダンブルドアは、円形に置かれたカバンをじっと見ているニュートに気が付く。

ダンブルドア　どうかね、ニュート？　どれが自分のか、わかるか？

ニュートはもう一度よく見て、首を横に振る。

ニュート　　　いいえ。

ダンブルドア　よし。わかったら困っただろうがね。この中のどれかにキリンがいるのでしょうね?

ラリー　そうだ。

ダンブルドア　じゃあ、どれがそう?

ラリー　さあ、どれかな。

ダンブルドア　あ、スリー・カード・モンテみたいだ。

ジェイコブ　(みんなが彼を見る)トランプ手品だよ。どれが当たりカードかを当てるやつ。インチキだけど。(言っても無駄だとあきらめる)気にしないで。マグルのゲームだから。

ダンブルドア　はあらゆる手を使うだろう。だから、彼が送り込む手下どもに、我々の側にある貴重なお友達を奪うために、グリンデルバルドキリンの居場所を知られないようにするのが肝心だ。キリンを無事儀式に送り込むのだ。
　　　　　　もしお茶の時間にキリンが——そして我々が——まだ生きていたら、我々の努力は成功したことになる。

ダンブルドアは帽子をかぶり、マフラーを首に巻く。

ジェイコブ　念のためだけど、スリー・カード・モンテで死んだ奴はいないよ。

ダンブルドア　重要な違いだな。よし、みんなカバンを選んで、出発だ。コワルスキー君、君は私と一緒に最初に出かけるんだ。

ジェイコブ　俺？　オーケー……

ジェイコブが進み出てカバンを選ぶが、ダンブルドアが咳払いして、ほとんどわからないくらいに首を横に振ったので、立ち止まってそのカバンを下ろし、別なカバンを選んで指さす。ダンブルドアが頷いてからそっぽを向く。

ジェイコブがカバンを持つ。頷いて周りを見る。顔をしかめる。出口がない。

ダンブルドアの前で、チベット仏教の祈りのマニ車が光っている。ダンブルドアがそれに近づいて触れると、美しい輝きが部屋を満たす。

ダンブルドア　スリー・カード・モンテについて、道々もう少し詳しく教えてもらうのが楽しみだ。

ダンブルドアがジェイコブを見て手を差し出す。

ジェイコブ　喜んで。

ジェイコブはその手を取る。マニ車が急速にスピンして、二人はマニ車の中に消える。

二人が消えた後、ほかのメンバーは残ったカバンをよく見る。

バンティ　さあ、みなさん、ご幸運を。

ニュートが進み出てカバンを選ぶ。

ニュート　　幸運を。

ニュートが消える。

ラリー　　あなたもね、バンティちゃん。

ラリーが進み出てカバンを選び、消える。

テセウス　　あとでね、バンティ。

テセウスが進み出てカバンを選ぶ。そしてマニ車の中に消える。

バンティが深呼吸して最後のカバンを取り上げる。マニ車のほうに歩いていき、消える。

シーン73 屋外 寺院への階段の下――ブータン――日中

遠方に緑の山々がそびえ、その頂に、まるで空そのものの中に建っているような寺院がちらりと見える。

空に向かって延びる巨大な階段の下に、人々が集まっている。階段の頂上に壮大な寺院が垣間見える。階段の下に置かれた金の籠に人影が近づく。

フォーゲル 指導者である我々は、世界が現在分断されていることを見過ご

フォーゲルの演説は、全世界の魔法省に映し出されている。

フォーゲル

（続き）暗い噂が引きも切らずにささやかれている。ごく最近、第三の候補者が加わって以来、こうしたささやき声は高まるばかりだ。

三人の候補者の中から、疑いの余地もなくふさわしい指導者を選ぶ方法はただ一つだ。

フォーゲルは金の籠に入り、両腕に何かを抱いて出てくる。演説の場所に戻ったフォーゲルが、抱いているものをゆっくりと見せると、人々がハッと息をのむのがわかる。

キリンだ。

フォーゲル

魔法を学ぶ者なら子どもでも知っている。キリンは、この素晴らしい我らが魔法界で、最も純粋無垢な生き物だ。キリンの目をあざむくことはできない。

（キリンを体の前に掲げて）キリンが、分断された世界を一つにせんことを！

シーン74 屋外 連なった家並みの屋根の上── ブータン──日中

カメラは雲の層を通り抜けて村に降り、テラス状に重なって続く屋上を映す。

そこに、黒装束の人影がいくつも現れる。ロジエールが一つの集団の先頭に、

ヘルムートがもう一つの集団の先頭に立っている。下の通りを見渡し、続々と集まってくる人々の中の何かを探している。

シーン75 屋外 通り——ブータン——同じ時——日中

サントスの支持者に混じって小刻みに歩いていくジェイコブとダンブルドア。ジェイコブはカバンを持ち、その隣でダンブルドアが杖を構えている。二人のすぐ前でサントスの肖像を描いた大きなのぼりが、風にはためき、旗竿に巻き付いている。支持者たちが竿を支えて、街の向こうの山並みに向かって行進していく。

そのときダンブルドアが、すぐ後ろから尾行してくる黒い闇祓いたちのグループに目を留め、ジェイコブを路地に引っ張って身を隠す。二人は追っ手の背後の戸口から「姿あらわし」して、追っ手をまく。

ダンブルドア　こっちへ。

ジェイコブ　次はどこへ？

ダンブルドア　ああ、君をここに置いていく。

ジェイコブ　え？　なんて言った？　俺を置いていく？

ダンブルドアが自分のマフラーを外す。

ダンブルドア　コワルスキー君。私はある人に会う用がある。心配ない。君はまったく安全だ。

ダンブルドアはマフラーを放り投げる。宙を飛ぶ間に、マフラーは暖簾のような垂れ幕に変わる。ダンブルドアがジェイコブを振り向く。

ダンブルドア　キリンはそのカバンにはいない。まずいと感じたら、すぐカバ

ンを捨てていい。

（間）

もう一つ。余計なお世話かもしれないが、自分を疑うのをやめることだ。君には、ほとんどの人が一生持てないものがある。なんだかわかるかね？

ジェイコブが首を横に振る。

ダンブルドア　大きな心だ。真に勇気ある者だけが、正直に完全に心をさらけ出すことができる。君がするように。

言い終えると、ダンブルドアは帽子をちょっと持ち上げ、そして消える。

シーン76 屋外 通り――ブータン――同じ時――日中

ニュートが、できる限り目立たないようにしながら、急いで歩いていく。何かを感じて立ち止まり、振り返る。誰もいない。

シーン77 屋外 狭い路地――ブータン――同じ時――日中

テセウスがカバンをしっかりつかんで、警戒しながら歩いていく。

シーン78

屋外 狭い路地──ブータン──同じ時──日中

ニュートが村を通っていく。緑色のローブの人物が一人、画面に入ってくる。

シーン79

屋外 通り──ブータン──同じ時──日中

カメラはカバンを追う。ラリーが急いで歩いていく。行く手をちらりと見ると、黒い闇祓(やみばら)いたちが見える。ラリーは路地に入り、画面から消える。

シーン80　屋外　通り──ブータン──同じ時──日中

テセウスが、警戒しながら狭い路地を歩いている。そのそばの屋根の上で、何人かが動いているのが見える。行く手に二人の闇祓いを見つけ、テセウスが杖を抜く。

シーン81　屋外　裏道──ブータン──同じ時──日中

ラリーが後ろを振り返りながら、急ぎ足で歩いていく。そのとき……

シーン82 屋外　十字路——裏道——ブータン
同じ時——日中

……ラリーは十字路でテセウスと背中合わせに出会い、二人とも振り向いて杖を上げる……お互いに気が付く。そして、二人が同時に周りを見まわす。周りじゅうが黒い闇祓いたちだ。

ラリーとテセウスは、四方八方からの黒い闇祓いの攻撃をかわし、払いのけ、戦う。呪文や反対呪文を次々に投げつけながら、二人は階段を上って後退りしていく。

ラリーは黒い闇祓いを三人失神させ、テセウスはさらに六人を失神させる。ラリーは水晶玉を一ダースほど宙に浮かせ、滝のように闇祓いたちに落とす。テセウスが、二人の頭上のバルコニーにいる黒い闇祓いの一人を失神させ、ラリー

は振り返ってもう一人を布で覆って動きを封じる。さらにラリーは、もう一人を壁に向かって飛ばし、まるで肖像画の絵のようにそのまま壁にはめ込む。

二人の前の通りは、倒された闇祓いでいっぱいだ。しかし勝利は長くは続かなかった。二人の首筋に、杖が二本突き付けられる。

ヘルムート　カバンを、よこせ。

ヘルムートが、闇祓いを二人従えて、ラリーとテセウスの後ろに立っている。

シーン83 屋外 路地／石段――ブータン――同じ時――日中

ニュートが角を曲がると、遠くに二人の闇祓いが出てくるのが見える。

その向こうに、もう一人別の人影が見える。

ジェイコブ やぁ、どうも……

闇祓いたちが振り向くと、**ガツン**、ジェイコブがカバンを振り回して、二人を殴り飛ばして逃げていく。体勢を立て直した二人がジェイコブを追う。

シーン84 屋外 狭い路地、上り坂——同じ時

——日中

ジェイコブが曲がり角でつまずき、急な狭い階段を上って逃げる。すぐ後に、追っ手がやってくるのが見える。追っ手が立ち止まって階段を見上げる。

誰(だれ)もいない。

ジェイコブのカバンだけだ。

シーン85 屋外 裏通り――ブータン――同じ時――日中

ヘルムートと部下たちが、ラリーとテセウスのカバンを奪い、下に置く。一人の黒い闇祓いが杖で狙う。ヘルムートが手を上げて制する。

ヘルムート　待て。カバンを開けろ。「それ」が中にいるかどうか確かめるんだ。バカめ。

壁に閉じ込められた闇祓いが、出してくれとこぶしでドンドン叩く。ヘルムートはため息をついて杖を上げ、壁から出してやる。闇祓いは、地面にどさりと大の字になって倒れる。

ラリーとテセウスはカバンを見る。

シーン86

屋外　裏通り──ブータン──同じ時──日中

ジェイコブの追っ手の一人が、そろそろと置き去りにされたカバンに近づく。

ラリーとテセウスが見守る中、ヘルムートの黒い闇祓いの二人がカバンのそばに膝をつく。

ポン！　ジェイコブのカバンが開き、中身は……ポーランドのパンだ。

ラリーのカバンが開けられ、中は本。テセウスのカバンの中は、金のスニッチだ。

ジェイコブのカバンを覗き込んでいた黒い闇祓いが、ポーンチキーをつかんで、

調べている。

金のスニッチがぶんぶん上昇し、ヘルムートは周りの屋上を超えて飛んでいくスニッチを見ている。そのとき——

シューッ!

ラリーのカバンから飛び出した本が、黒い闇祓いたちを巻き込み、紙の嵐の中で、みんながまるでミイラのようになる。

ジェイコブのカバンが爆発し、何千個ものパンが滝のように次々と流れ出し、闇祓いたちを急な階段から下に落として追い払う。

ラリーのカバンの『怪物的な怪物の本』が敵を襲い、テセウスのカバンからいくつも飛び出したブラッジャーが、路地やずっと上の屋上の黒い闇祓いたちに礫

のように襲いかかる。

ヘルムートは顔に張り付いた紙きれを、カンカンになってむしり取るが、大混乱に紛れてラリーとテセウスは逃げ去っていた。

シーン87 屋外 通り／路地――ブータン――同じ時――日中

ダンブルドアが近くの屋上をちらりと見る。ブラッジャーが雨のように闇祓いたちに襲いかかり、屋上から転落させるのを横目で見ながら、迅速に動く。ダンブルドアのほうに飛んできたスニッチを空中で捕まえ、ポケットに入れる。突然、路地から行進歩調で出てきた誰かが、ダンブルドアにぴったりついて歩く。

歩みを止めずについてくる男、アバーフォースだ。

アバーフォース　あとどれぐらいの命だ？

不死鳥が上空を飛んでいく……

シーン88　屋外　通り──ブータン──日中

……ずっと下の大勢（おおぜい）の人々の上を滑（すべ）るように飛んでいく。

新しいアングル──カメラが通りを映（うつ）すクリーデンスはますます青ざめ、歓声（かんせい）をあげながら進むリウの支持者（しじしゃ）に混（ま）じって、よろよろと歩いていく。弱って痛（いた）みに耐えながら、クリーデンスは立ち止ま

り、柱に寄りかかる。

それからもう一度力を振り絞り、歩き始める。

シーン89 屋外 上り坂の狭い路地――ブータン――日中

カバンなしになったジェイコブが、表通りに通じる狭い路地を歩いている。緑のローブを着た誰かのそばを通る。そのとき、別の人影が、すっと近寄り、ジェイコブの手を強くつかんで……

……ジェイコブを表通りから離れた脇道に引っ張り込む。

クイニー　危険だわ、ねえ、早く逃げて。
ジェイコブ　でも……

ジェイコブが何か言おうとすると、クイニーは指をジェイコブの唇に当てる。

クイニー　できないわ。家に戻れないの。もう遅すぎる・過ちが大きすぎて。

ジェイコブがクイニーの手をつかんで、自分の唇から離す。

ジェイコブ　聞いてくれ――
クイニー　時間がないわ！　つけられているの。まいてきたけど、私、すぐに見つかっちゃうわ。私も……
ジェイコブ　（泣き声になる）私たち二人とも。かまうもんか。二人は一緒だ。君と一緒じゃなきゃ、なんの意

クイニー　味もない。ジェイコブ、ダメよ！　もうあなたを愛していない。さっさと消えて。

ジェイコブ　君は世界一うそが下手だな、クイニー・ゴールドスタイン。

ちょうどそのとき、寺院の鐘が柔らかく響く。

ジェイコブ　聞いただろ？　結婚のお告げだよ。

クイニーは動きを止め、強いまなざしでジェイコブを見る。ジェイコブは彼女をじっと見る。

ジェイコブがクイニーの手を包んで、クイニーを引き寄せる。

ジェイコブ　おいで。目を閉じて。頼むから目を閉じて。ダンブルドアが俺

クイニー
なんて言ったと思う？　俺の心は大きいって言った……間違ってるよ。君が入って初めて大きくなれる。

ジェイコブ
ええ。

クイニー
俺を見てくれ、クイニー・ゴールドスタイン……

彼女の頬に涙が流れ落ちる。二人が目を上げると、周りを囲まれているのがわかる。

シーン90　屋外　橋――ブータン――同じ時
――日中

ニュートは、サントスの支持者たちが空に向かって伸びる吊り橋を渡るのを見ている。支持者たちは、吊り橋の途中にある見えない門をくぐって姿を消す。

ニュートはカバンを強く握り直し、群衆に混じって前進する。

この場所からだと、山は壮大に迫って見え、頂には厚い雲がかかっている。

ニュートは、吊り橋を途中まで渡り、寺院に通じる門まで来る。その門をくぐり、**シュー**ッと姿を消す。

シーン91 屋外　寺院の下――ブータン――日中

寺院の足元に、雲に向かって伸びる広大な階段があり、その上に寺院がそびえる。カメラは、大股で決然と大階段のほうに歩いていくニュートを映す。

行く手に、フィッシャーがただ一人、身じろぎもせずに立っている。その目は

ニュートに注がれ、その姿には何か不吉なものがある。

ニュートは遠回りすることを考えるが、道は一本しかない。そのとき……

フィッシャー　スキャマンダーさん、まだ正式にご挨拶したことはありませんが、私は、ヘンリエッタ・フィッシャーです。フォーゲルの秘書官です。

ニュート　ああ、そうですか——どうも——

フィッシャーは頭上の雲の中にそびえる寺院に向かって頷く。

フィッシャー　上までお連れします。首脳陣専用の入口がありますから。どうぞご一緒に……

ニュートは動かずに、フィッシャーを疑わしげに見る。

ニュート 失礼ですが、なぜですか？　僕を案内するのは？
フィッシャー 言うまでもないでしょう？
ニュート いえ、正直、わかりません。
フィッシャー ダンブルドアの使いで来ました。
ニュート （カバンを見る）カバンの中身は存じ上げていますよ、スキャマンダーさん。

　フィッシャーの目が細くなる。高揚したサントスの支持者、リウやグリンデルバルドの支持者の集団が視界に入ってくる。フィッシャーが蛇のように素早く、カバンを持つニュートの手をつかむ。目と目が合う。ニュートはカバンをもぎ取ろうとする。集団が近づいてくる。歓喜した顔と声援に押され、広場の中央に流されながら、二人はカバンを奪おうともみあい続ける。

　閃光！　──ニュートは耳の後ろに火の玉の攻撃を受けて倒れる。群衆の中

に煙の出ている杖を持ったザビニが立って、ニュートを見下ろしている。フィッシャーが立ち去る前に微笑む。その手にカバンを持っている。

シーン92　屋外　吊り橋────ブータン────同じ時

テセウスはいらいらと歩き回り、ラリーはじっと待っている。吊り橋は今やほとんど人がいない。角笛が、急き立てるように、街の上に高らかに鳴り響く。

ラリー　　もう来るはずだわ。

すぐ近くに、カーマと黒い闇祓いの一団が現れ、二人に向かってくる。黒い闇祓いたちが杖を上げる。カーマがその中を通って歩いてくる。

カーマが振り返って突然腰を落とし、杖を地面に突き立てる。闇祓いたちを失神させる魔法の波動が放たれ、彼らはたちまち気を失って倒れる。

テセウス　遅かったな。

テセウス、ラリー、カーマが橋を渡って消える。

シーン93　**屋外　寺院に続く階段――ブータン**
――日中

ニュートが気が付いて、群衆にもまれながら、慌ててあたりを見まわす……

フィッシャーがずっと前方の階段を上っていくのが見える。

支持者や選挙人の頭上に、大きなバナーが何枚も浮かび、上で行われる儀式を映すスクリーンになっている。ニュートがバナーを見ると――映像の形で――フォーゲルが現れる。

フォーゲル　候補者全員にご挨拶いただいたことに感謝する……

シーン94　屋外　寺院――ブータン――続き
――日中

フォーゲル　リウ、サントス、グリンデルバルドが並んで立っている。

フォーゲル　各人とも、魔法界のみならず、非魔法界についても、今後の世

界をどう形作るか、独自のビジョンをお持ちだ。そこで、次にもっとも重要な儀式に移りたい。キリンの儀式だ。

キリンが連れてこられる。

カット　画面切り替え

シーン95　屋外　寺院――ブータン――同じ時
――日中

ニュートは大階段にたどり着き、寺院までの最後の階段を上る。ずっと先に自分のカバンを持った姿が小さく見える。フィッシャーだ。

階段をどんどん上りながら、ニュートはバナーのスクリーンを見る。グリンデルバルド、リウ、サントスの前に置かれたキリンが見える。

カメラがすばやく世界を一周する映像を映す。ヨーロッパ、その他の国々の魔法省高官たちが、儀式を見ている。

スクリーンに映っているキリンが、ためらいがちに前に出て——候補者のほうに行く。キリンがグリンデルバルドのほうに歩いていくので、リウとサントスが顔を見合わせる。

ニュートはフィッシャーに突進していく。フィッシャーは振り返るだけで、動こうとしない。

キリンがグリンデルバルドの前に立って、じっと彼を見る。

フィッシャーがカバンを差し出す。ニュートはそんな行動に面食らって、フィッシャーを観察するが、やがて手を出す。ニュートの指がカバンに触れると、カバンが塵になる。それが空中に漂うのを、ニュートは驚きうろたえて見ている。フィッシャーを振り返ると、相変わらず微笑んでいる。

塵が上のほうに流れていくと、バナーの映像がグリンデルバルドとキリンを映し出す。

グリンデルバルドの前でキリンがお辞儀をする。長い沈黙が流れる。

フォーゲル キリンは見抜いた。善良さ、力、我々を指揮し導く重要な資質を。誰なのか、皆も見ただろう？

集まった魔法使いや魔女たちが、天に向かって杖を上げる。呪文が爆発する。リウ、サントス、グリンデルバルドのそれぞれを表す色が空に流れ、やがて一つ

になる。グリンデルバルドの緑だ。

ニュートは茫然と突っ立っている。

周囲のお世辞を味わっているグリンデルバルド。

フォーゲル　多数の拍手により、ゲラート・グリンデルバルドを魔法界の新しい指導者と認める。

群衆が歓声をあげ、ニュートの両脇にいるアコライトたちが、ニュートを押して階段を上らせる。グリンデルバルドがロジエールに向かって頷く。ロジエールがクイニーとジェイコブを前に押し出す。ニュートはクイニーとジェイコブのほうに行こうとするが、二人のアコライトに押さえられる。

ロジエールが、ジェイコブを階段の一番上まで引き立て、グリンデルバルドに

ジェイコブのスネークウッドの杖を渡す。

グリンデルバルドは、次の行動を期待して自分を見つめている群衆を眺め、それからジェイコブを指す。

グリンデルバルド この男が、私を亡き者にしようとした。この男は魔法が使えないのに、魔女と結婚して我らの血を汚そうとしている。禁じられた結婚は、我らをこやつの仲間と同じところにおとしめ、弱体化する。友よ、こいつだけではないぞ。何千人という輩が、同じことを企んでいる。そんな害虫どもの処置はただ一つ。

グリンデルバルドはジェイコブの杖を放り投げ、自分の杖を上げる。

ジェイコブがグリンデルバルドのほうに顔を向けると、グリンデルバルドは呪

文でジェイコブを打つ。ジェイコブは階段から落ちて、クイニーの足元にあおむけに倒れる。

グリンデルバルド クルーシオ——苦しめ！

呪文の閃光が、クイニーの足元のジェイコブを、痛みでのたうち回らせる。

ニュート やめろ！
クイニー やめさせて！
グリンデルバルド マグルとの戦いが、今、始まるのだ！

グリンデルバルドの支持者たちが、熱狂して歓声をあげる。

ラリー、テセウス、カーマが、群衆の中を近づいてくる。ショックを受けた顔だ。

ジェイコブは地面の上で、痛みにのたうち回っている。サントスが杖を上げて、ジェイコブを苦しめている「磔の呪文」を解く。ジェイコブは苦しみから解放されて、クイニーの腕に抱きかかえられる。

グリンデルバルドは空を仰ぎ、自らの栄光を満喫している。

グリンデルバルドはそのまま動かない。この瞬間を大いに楽しんでいる。そのとき……

……上で輪を描いているフェニックスを見つける。一枚の灰だらけの羽根が、左右に揺れながらゆっくりと落ちてきて、グリンデルバルドの頬にくっつく。彼はそれを不快そうに払いのける。

グリンデルバルドが振り向き、階段を上ってくる誰かをいぶかしげに見る……

クリーデンスだ。

弱り果てて、しかし挑戦的な顔で近づいてくるクリーデンスを、グリンデルバルドは興味深げに眺める。クリーデンスはグリンデルバルドの前で立ち止まり、あたかもグリンデルバルドの顔を両手で挟むかのように手を伸ばす。それから、指でグリンデルバルドの頬に灰を擦り付ける。群衆が息をのむ中、クリーデンスが振り向いて高官たちに語りかけ始めると、群衆の後ろにアバーフォースとダンブルドアが現れる。

クリーデンス 　彼はうそをついている。あのキリンは死んでいる。

ニュートは魔法をかけられたキリンを悲しそうに見る。

ほとんど全力を使い果たし、クリーデンスががっくりと膝をつく。

アバーフォースが助けようとするが、ダンブルドアがそっと制止する。

ダンブルドア　まだだ。待て。

ニュートが、自分を拘束している闇払いの手を振りほどく。

ニュート　みんなだまされている。彼はキリンを殺し、魔法をかけて、自分が指導者にふさわしいとみんなに思わせた。でも、彼には導く気などない。従わせたいだけだ。

グリンデルバルド　言葉だ。あざむこうとする言葉だ。君たちが自分の目で見たものを疑うように仕向けている。

ニュート　あの晩キリンは二頭生まれた。双子だ。僕は知っている。なぜなら——

グリンデルバルド　なぜなら……？　なぜなら君には証拠がない。なぜなら二頭

ニュート　「目のキリンはいない。違うかね?」

グリンデルバルド　「その子の母はもう殺されていた。ではそのキリンは今どこにいる? スキャマンダー君。」

グリンデルバルドは勝ち誇ってニュートを見る。その目が緑色のローブを着た高官の一人をとらえ……

その女性が、カバンを手にして明るみの中に進み出る。そしてカバンをニュートに渡す。ニュートはあっけにとられてカバンを見つめる。

ローブ姿の女性が顔を上げると、現れたのは……バンティだ。

バンティ　「誰もすべてを知らない。ニュート、そう言ったでしょう?」

バンティは周りを見まわし、突然——そして居心地悪そうに——高官たちが並

んでいるのに気が付く。そしてニュートがカバンの蓋を開けているうちに、その場を離れる。

小さな頭がカバンから覗いて、あたりを見まわす。

キリンだ。

フォーゲルが信じられないという目でじっと見つめ、心配そうにグリンデルバルドを見るが、彼も不安げだ。テセウスとラリーは茫然と顔を見合わせる。ティナはアメリカ魔法省からそれを見ている。ニュートは誰よりも驚いているが、微笑む──ほっとして感謝している。

みんなが見ている中、キリンはカバンから這い出し、まっすぐに立って、ここはどこだろうと、目をパチパチさせる。それから何かを感じ取り、首を回してそれを見る。

魔法をかけられたキリンが、グリンデルバルドの脇に立っている。キリンはすぐさま小さく啼いて呼びかける。しかし、双子のキリンの目は虚ろで、赤裸々な感情で心が張り裂けそうな声だ。表情は変わらない。

ニュートは困惑しているキリンのそばに膝をつく。

ニュート　（やさしく）あの娘には聞こえないんだ。ここではね。でもきっとどこかで聞いているよ……

フォーゲル　これは本物のキリンだ！

フォーゲルは魔法をかけられたほうのキリンを乱暴に持ち上げて、観衆のほうを向く。

フォーゲル 　見るがいい！　自分のその目で見えるだろう……これが本物の手にしたキリンがぐったりして、目が暗く虚ろになる。フォーゲルは口ごもる。

ベルリンで一度登場した英国の魔女が進み出る。

英国の魔女 　こんなことは許されません！　選挙はやり直すべきです。さあ、アントン。何とかしなさい！

フォーゲルは困惑して恐れている様子。

生きているキリンがゆっくりとダンブルドアのほうに歩いていく。

ダンブルドア 　いや、いや、いや、どうか。

キリンは注意深くダンブルドアを見る。何もかも見通す目が、ダンブルドアを黙（だま）らせる。キリンが輝（かがや）き始め、ゆっくりとお辞儀（じぎ）をする。

ニュートは興味（きょうみ）深（ぶか）そうに、しかし思いやるように見ている。

ダンブルドア　光栄だよ。
（困（こま）ったような間（ばんふたご））
君たちがあの晩双子として生まれたように、この場にもう一人、同じようにふさわしい者がいる。私（わたし）はそう確信（かくしん）している。

ダンブルドアがキリンをやさしく撫（な）でる。

ダンブルドア　ありがとう。

キリンはダンブルドアを興味深そうに見て、それから、サントスのほうに歩いて行ってお辞儀をする。グリンデルバルドは苦々しそうにそれを見ている。

グリンデルバルドは、憔悴した顔でダンブルドアを見る――そして杖を上げ、キリンに向ける。クリーデンスは、グリンデルバルドがキリンを狙っているのを見て、残る力を振り絞ってグリンデルバルドの前に立ちふさがる。

グリンデルバルドは素早く動き、クリーデンスに向けて呪文を放つ。そのとき……

……クリーデンスの前にまばゆい光の盾が現れる。その源は……

……ダンブルドアとアバーフォース。二人が――反射的に――別々に――保護の呪文を放ったのだ。

グリンデルバルドの呪文がきらめく盾の光にぶつかる。カメラはグリンデルバルドの視線を追い、呪文の道筋を追う。そして……

　……グリンデルバルドとダンブルドアの呪文が結びついているのを知る。

　二人の視線が一つになり、お互いに縛りあって、いることに気づいて愕然とする。しばらく二人はお互いに縛り付けられたまま、相手の力を消耗させている。世界が止まっている。そして──

「血の誓い」の小瓶の鎖が切れ、小瓶はゆっくりと回りながら地面に向かっていく。グリンデルバルドとダンブルドアは、誓いの小瓶から出る光がちらつき始めるのを見る。やがて閃光とともに、すべてが静かになる……世界がゆっくりと動きを止める。地球の回転自体が遅くなったかのように。

　誓いの小瓶は空中でゆっくりと回転し続け、中心部が割れていく。

二人の誓いが霧のように消滅する。グリンデルバルトとダンブルドアの目が合い、二人とも同時に、お互いから解放されたことを悟る。

たちまち、二人の杖が上がり、何度も光を放つ——攻撃と防御、攻撃と防御——目のくらむ——鬱積したものを吐き出すような——力の発露。戦い続けながら、二人はだんだん近づく。どちらも相手をしのがず、どちらも譲らず、最後にほとんど顔を突き合わせるようにして、二人の腕が交差する。そして二人は……動きを止める。胸が波打ち、目と目が絡み合う。ダンブルドアがそっと手をグリンデルバルドの心臓の上に置き、グリンデルバルドも同じくダンブルドアの心臓に手を置く。

ダンブルドアは頭を下げ、グリンデルバルドの目を覗き込む。

そのとき、一筋の細い黄色い光が下の群衆から空に向かって放たれる。その直後、もう一本の黄色い光が加わり、そしてまた次が。

グリンデルバルドがそれを見る。その顔は差し迫った恐怖を隠し切れない。

ダンブルドアはさらに何本もの光が空に向かって放たれるのを見て、不思議な感動の表情で振り返り、背後の凍結した現実世界に戻ろうとする。

グリンデルバルドは打ちひしがれたようにたたずむ。

グリンデルバルド この先、誰が君を愛してくれる、ダンブルドア？

「血の誓い」の小瓶が床に落ちる。

パリッ

小瓶が二つに割れ、中心から煙が立ち上る。世界が元に戻って回転し始める。

二人の周りの人物たちが再び動き出す。

ダンブルドアは振り返らず、グリンデルバルドを一人置き去りにする。

グリンデルバルド　君は孤独だ。

たちまち、何千という黄色い光の糸が空を飾り、すべての人が柔らかな黄色い光に包まれる。世界中の魔法省が、ブラジルやフランスも含めて、サントスに声援を送り、黄色い呪文を空に向かって打ち上げる。グリンデルバルドが、敗北を感じながらそれを眺める。

グリンデルバルドは、自分に反対する人々が、今や団結して自分に向かってくるのを、じっと眺める。サントスとキリンを先頭に、大勢が杖を彼に向けて迫っ

てくる。

グリンデルバルドが、断崖の端に「姿あらわし」して、切り立った崖の上に立っている。彼に反対する者たちが呪文を投げつけてくるので、すばやく身の回りに盾を張り巡らす。

しかし、グリンデルバルドはたった一人だけに注意を向けている。ダンブルドアだ。

グリンデルバルド 私は君の敵だったことはない。これまでも、今も。

いっせいに、一つの束のように、呪文がグリンデルバルドに飛んでいく。ダンブルドアを最後にもう一度見て、グリンデルバルドは……後ろ向きに飛び降り、「姿くらまし」する。

テセウス、ラリー、カーマ、そしてほかの人たちも、崖の淵に走りより、下を覗くが……

グリンデルバルドは消えてしまった。

ダンブルドアはそこから目を逸らし、アバーフォースがクリーデンスを抱きかかえているのを見る。クリーデンスは今や衰弱しきっている。黄色い光を浴びた顔で、アバーフォースを物問いたげに見ている。

クリーデンス 僕のこと気に掛けたことある？

アバーフォース いつもだ。家に帰ろう。

アバーフォースはクリーデンスの手を取り、息子を助け起こす。二人が下りていく間、ダンブルドアは、二人の背後を飛ぶフェニックスもゆっくりと山を下っていくのを眺める。

ニュートは黄色の海と、その向こうのブータン王国を眺める。急に疲れた様子だ。

バンティ　　ほら、おちびちゃんよ。

ニュートが振り向くと、バンティがキリンを抱いて立っている。

ニュート　　バンティ、お手柄だったね。

バンティは、どういたしましてというふうに首を振って微笑む。

ニュート　　おいで、おちびちゃん。

ニュートがキリンのためにカバンを開ける。

バンティ　　ごめんなさい。怖い思いをさせてしまって。

ニュートはキリンを受け取り、首を振る。

ニュート　いや、どんなに大切かは、失ってみて初めてわかるのかもしれない。

ニュートがキリンをあやしているとき、バンティがニュートのカバンを見る。ティナの写真をそこに見つけて、やさしく微笑む。

バンティ　そして時には……

バンティが言い泥む。ニュートが彼女をよく見る。

バンティ　時には、もうわかっているのじゃないかしら。

バンティは背を向けて、ほかの仲間のほうに行く。

ニュート　さ、お入り。

ニュートがキリンをカバンに入れる。

カット　画面切り替え

ジェイコブが、ダンブルドアを少し離れたところから見ている。

ダンブルドア　コワルスキー君、君に謝らなければ。

ジェイコブが振り向くと、そこにダンブルドアがいる。

ダンブルドア　「磔(はりつけ)の呪文(じゅもん)」で苦しめることになるとは予想外だった。

ジェイコブ　ああ、でもさ、クイニーを取り戻せたんだから、貸し借りなしだ。

（間）

あ、聞いてもいいかな?

ジェイコブはあたりをちらっと見て、前屈みになってささやく。

ジェイコブ　これ、持っていいかな。ほら、思い出のためにさ。

ダンブルドアが下を見ると、ジェイコブが手にスネークウッドの杖を持っている。ダンブルドアが目を上げて、ジェイコブをよく見る。

ダンブルドア　君ほどそれにふさわしい人はほかに思いつかないね。
ジェイコブ　ありがと、先生。

ジェイコブは嬉しそうにニヤッとして、杖をポケットに入れる。ダンブルドアはジェイコブがクイニーのほうに行くのを見送り、それからニュートのほうに行く。

ダンブルドアは ポケットから壊れた「血の誓い」の小瓶を取り出してニュートに見せる。

断崖の端を調べながら、

ダンブルドア　驚くべきものだ。

ニュート　でも、どうして? 二人は戦えないはずだと思っていました。戦ってはいない。彼は殺そうとし、私は護ろうとした。互いの呪文がぶつかった。

ダンブルドアは悲しげに微笑む。

ダンブルドア　これも運命だ。結局、こうする以外、運命を全うすることはで

きないだろう?

ニュートは何か聞きたげにダンブルドアを見る。そのときテセウスがやってくる。

テセウス　アルバス。約束してください。彼を見つけ出して、阻止すると。

ダンブルドアが頷く。

地平線の黄色い空が、ゆっくりと夜の画面へオーバーラップしていく……

シーン96 屋外 ローワー・イースト・サイド──ニューヨーク──夜

……ローワー・イースト・サイドの通り。コワルスキーのパン屋の窓に明かりが点いて温かく輝いている。

シーン97 屋内 コワルスキーのパン屋──続き──夜

いろいろな人がジェイコブの店に出入りしている──マグルも魔法使いも。ジェイコブのウェディング・ケーキが、再び結ばれた花嫁、花婿をトップに飾って、今や誇らしげに置かれている。

ジェイコブ　アルバート！ ピエロギも忘れるなよ！
アルバート　はい、ミスターK。

ジェイコブとニュートは、おそろいのモーニングを着て、ジェイコブはネクタイを締めるのに必死に格闘している。

ジェイコブ　アルバート！ コワチュキは八分以内だぞ。
アルバート　はい、ミスターK。
ジェイコブ　（ニュートに）いい子だが、パシュテチキとゴオンプキの区別もつかない。

そのとき、クイニーが入ってくる。美しいレースのドレスを着ている。

クイニー　ねえ、スイートハート。

ジェイコブ ウワッ！（花嫁を見ないように、自分の目を覆う）
クイニー ニュートは、あなたが何を言っているのかわからないわよ。私も、あなたが何を言ってるのかわからないわ。それに、今日は働かないはずでしょ？
　　　　　（ニュートを見ながら）大丈夫、ハニー？
　　　　　（ニュートに向かって）スピーチで緊張してるのね。大丈夫よ。
　　　　　（ジェイコブに）ハニー、そう言ってあげて──
ジェイコブ スピーチで緊張するなよ。
ニュート 緊張してないよ。
ジェイコブ なんだこの臭いは？　焦げてるぞ！　アルバート！

　ジェイコブが急いで走っていく。クイニーはしょうがないわねという顔。

クイニー 多分ほかのことで緊張してるのね、ン？
ニュート 一体何のことか、わからないよ。

クイニーが、わかってるわというように微笑んで、立ち去る。

シーン98 屋外 コワルスキーのパン屋――直後――夜

ニュートは外に出て、入口の日除けの下に立ち、紙きれを取り出して開く。ピーチを小声で練習する。

ニュート

　　初めてジェイコブに会った日……初めてジェイコブに会った日、ぼくたちはスティーン・ナショナル銀行で、一緒に座っていた……まさかこんなことに……

ニュートは顔をしかめて目を上げる。道の向こう側のバス停のベンチに、誰かが、降る雪の中で座っている。

ちょうどそのとき、目の端で何かが動くのを感じ、ニュートがそちらを見る——ゆっくりと——。すると、小降りの雪の中を、女性が近づいてくる。見直す必要はない。ニュートにはわかっている。

ティナだ。

ニュート　花嫁付添人、だね？
ティナ　　花婿付添人、でしょうね？
ニュート　髪型を変えた？
ティナ　　いいえ、ああ……まあ、そうね。実は、今夜のために。
ニュート　うん、とても似合うよ。
ティナ　　ありがとう、ニュート。

二人は見つめあう。もう言葉はかわさない。そのとき……

……ラリーとテセウスが現れる。

ラリー　あら、ありがとう、ニュート。嬉しいわ。今日は頑張って。（ティナに）ティナ、さあ、マクーザ（MACUSA　アメリカ魔法議会）は近頃どうなのか、聞かせて。
ニュート　きれいだよ、ラリー。
テセウス　元気か？
ニュート　誰かと思えば。
テセウス　やあ。

　二人が店に入る。

ニュートも入りかけて止まり、通りのほうを見る。一瞬の後——

テセウス　僕はどうなんだい？　決まってるか？
ニュート　決まってるよ。
テセウス　お前、大丈夫か？
ニュート　ああ、大丈夫さ。
テセウス　緊張してるのか？　世界を救っておいて、スピーチで緊張はないだろ。

二人は顔を見合わせる。それからニュートは通りの向こうを見て、バス停のベンチにダンブルドアが座っているのを見る。

ニュートは雪道を横切り、ベンチの前に立つ。

ダンブルドア　歴史的な日だな。今日を境に過去と未来が分かれる。歴史的な

日が、その場にいる者にとっては当たり前の日に見えるのが不思議だ。

多分、世界が正しく動いているときは、そんなものでしょう。たまにはそういうことが起きるというのは、いいものだ。

ニュートがダンブルドアを見る。

ダンブルドア　ここでお会いできるとは思いませんでした。
ニュート　そうなるかどうか、私も定かではなかった。

二人の目が合う。ダンブルドアが目を逸らす。店の戸が開いて、クイニーが顔を出す。輝いている。

クイニー　ねえ、ニュート！　ジェイコブが指輪を失くしたみたいだって言うんだけど、あなたが持っているわよね。

ニュートが振り向き、ピケットがポケットから顔を出す。指輪を持っている。シンプルな結婚指輪だが、小さくとも愛らしいダイヤが一つ付いている。

ニュート　ああ、大丈夫。

クイニーは微笑んで、中に消える　ニュートがピケットを見る。

ニュート　ピック、いい子だ。
（ダンブルドアを見て）僕、そろそろ――

ダンブルドアは何も言わないでどこかを見つめている。

ダンブルドア　ありがとう、ニュート。
ニュート　何が？

ダンブルドア 好きなように取ってくれ。

ニュートが頷く。

ダンブルドア 君なしではできなかった。

ニュートが微かに微笑む。ダンブルドアはただ頷くだけだ。ニュートが戻りかけて、立ち止まる。

ニュート でも、またやりますよ。あなたに頼まれれば。

ニュートは何か聞きたげにダンブルドアを見るが、やがて背を向けて、パン屋に向かい、店の中に消える。

ニュートがドアを閉めたとき、赤いバラ模様のドレスを着た若い女性が慌てて

やってくるのが見える。

混乱した様子で、その女性は、驚きながら無言であたりを見まわし、それからパン屋を覗き込む。

バンティだ。

ダンブルドアはバンティが急いで店に入るのを見ている。

それからダンブルドアはもう一時座ったまま、周りを見まわす。そして立ち上がる。

シーン99 屋内／コワルスキーのパン屋――続き――夜

クイニーが進み出て、ジェイコブの隣に来る。二人の後ろには、ニュートとティナ、ラリー、テセウス、のジェイコブを見る。魔法司祭の前だ。クイニーが隣アルバートが集まり、感激して眺めている。

ジェイコブ　　うわぁ、すっごくきれいだ。

シーン100 屋外 コワルスキーのパン屋──
続き──夜

ダンブルドアが窓を通してその様子を見て、微笑む。そしてコートの襟をしっかり立てて歩き出す。うっすらと雪の積もった通りを、遠くに見える寒々とした地平線に向かって、ただ一人、大きな足取りで。

映画用語集

- アングルが変わる　撮影する時のカメラの角度が変わること。
- オーバーラップ　シーンを徐々に消していき、次のシーンを徐々に現す手法。
- カット　画面切り替え　オーバーラップなどの効果を使わず、別のシーンへ切り替えること。
- カメラを向ける　カメラを特定の被写体に向けること。
- クローズアップ　被写体またはその一部分を画面に拡大して映すこと。
- ズーム　カメラが人物や物を近くから映すこと。
- 〜の主観ショット　ある特定の人物の視点から映すこと。
- ワイドショット　シーンの設定がわかるよう広範囲を納めて映すこと。

キャスト、クルー

ワーナー・ブラザース提供
ヘイデイ・フィルムズ・プロダクション
デイビッド・イェーツ・フィルム

ファンタスティック・ビーストとダンブルドアの秘密

監督：デイビッド・イエーツ
脚本：J.K.ローリング&スティーブ・クローブス
原作：J.K.ローリング
製作：デイビッド・ヘイマンp.g.a.、J.K.ローリング、
スティーブ・クローブスp.g.a.、
ライオネル・ウィグラムp.g.a.、ティム・ルイスp.g.a.
製作総指揮：ニール・ブレア、ダニー・コーエン、ジョシュ・バーガー、
コートニー・バレンティ、マイケル・シャープ
撮影指揮：ジョージ・リッチモンド、BSC
美術製作：スチュアート・クレイグ、ニール・ラモント
編集：マーク・デイ
衣装：コリーン・アトウッド
音楽：ジェイムズ・ニュートン・ハワード

キャスト
ニュート・スキャマンダー：エディ・レッドメイン
アルバス・ダンブルドア：ジュード・ロウ
クリーデンス・ベアボーン：エズラ・ミラー
ジェイコブ・コワルスキー：ダン・フォグラー
クイニー・ゴールドスタイン：アリソン・スドル
テセウス・スキャマンダー：カラム・ターナー
ユーラリー（ラリー）・ヒックス：ジェシカ・ウィリアムズ
ティナ・ゴールドスタイン：キャサリン・ウォーターストン
&
ゲラート・グリンデルバルド：マッツ・ミケルセン

作者について

J.K. ローリングは、不朽の人気を誇る「ハリー・ポッター」シリーズの著者。1990年、旅の途中の遅延した列車の中で「ハリー・ポッター」のアイデアを思いつくと、全7巻のシリーズを構想して執筆を開始。1997年に第1巻『ハリー・ポッターと賢者の石』が出版、その後、物語の完結までにはさらに10年を費やし、2017年に第7巻『ハリー・ポッターと死の秘宝』が出版された。シリーズに付随して、チャリティのための短編『クィディッチ今昔』と『幻の動物とその生息地』(ともに慈善団体〈コミック・リリーフ〉と〈ルーモス〉を支援)、『吟遊詩人ビードルの物語』(〈ルーモス〉を支援)も執筆。また、舞台劇『ハリー・ポッターと呪いの子』の脚本にも協力し、脚本集として出版された。その他の児童書に『イッカボッグ』(2020年)『クリスマス・ピッグ』(2021年)があるほか、ロバート・ガルブレイスのペンネームで発表し、ベストセラーとなった大人向け犯罪小説「コーモラン・ストライク」シリーズも含め、その執筆活動に対して多くの賞や勲章を授与されている。J.K. ローリングは、慈善信託〈ボラント〉を通じて多くの人道的活動を支援するほか、子供向け慈善団体〈ルーモス〉の創設者でもある。

J.K. ローリングに関するさらに詳しい情報はjkrowlingstories.comで。

スティーブ・クローブスは、愛読書だった J.K. ローリング原作の「ハリー・ポッター」映画7作品の脚本を執筆。また、『ファンタスティック・ビーストと魔法使いの旅』『ファンタスティック・ビーストと黒い魔法使いの誕生』ではプロデューサーを務めました。最近では、『モーグリ ジャングルの伝説』も製作しています。そのほかの作品に『Racing with the Moon』、『Wonder Boys』、『Flesh and Bone』、『The Fabulous Baker Boys』などがあり、後者2本は監督も務めています。

J.K.ローリングの作品について

───────

『ハリー・ポッターと賢者の石』
『ハリー・ポッターと秘密の部屋』
『ハリー・ポッターとアズカバンの囚人』
『ハリー・ポッターと炎のゴブレット』
『ハリー・ポッターと不死鳥の騎士団』
『ハリー・ポッターと謎のプリンス』
『ハリー・ポッターと死の秘宝』

『幻の動物とその生息地』
『クィディッチ今昔』
(コミック・リリーフとルーモスを支援)

『吟遊詩人ビートル』
(ルーモスを支援)

『ハリー・ポッターと呪いの子』
(原作　J.K.ローリング、ジョン・ティファニー、ジャック・ソーン
舞台脚本　ジャック・ソーン)

『ファンタスティック・ビーストと魔法使いの旅（映画オリジナル脚本版）』
『ファンタスティック・ビーストと黒い魔法使いの誕生（映画オリジナル脚本版）』

『イッカボッグ』
『クリスマス・ピッグ』

本書は二〇二二年に静山社より刊行された同名書を文庫化したものです。

松岡佑子 訳

翻訳家。国際基督教大学卒、モントレー国際大学院大学国際政治学修士。日本ペンクラブ会員。スイス在住。訳書に「ハリー・ポッター」シリーズ全7巻のほか、「少年冒険家トム」シリーズ、映画オリジナル脚本版「ファンタスティック・ビースト」シリーズ、『ブーツをはいたキティのはなし』、『とても良い人生のために』、『イッカボッグ』、『クリスマス・ピッグ』(以上静山社がある)

岸田恵子 訳

(株)東北新社 外画制作事業部 翻訳室所属、映像翻訳家。主な映画作品の字幕・吹き替えの仕事に「ハリー・ポッター」シリーズ、「ミッション・インポッシブル」シリーズ、『バディントン』などがある

ファンタスティック・ビーストとダンブルドアの秘密
映画オリジナル脚本版

2024年11月6日　第1刷発行

著者	J.K.ローリング
	スティーブ・クローブス
日本語版監修・翻訳	松岡佑子
映画字幕・吹き替え	岸田恵子
発行者	松岡佑子
発行所	株式会社静山社
	〒102-0073 東京都千代田区九段北1-15-15
	電話・営業 03-5210-7221
	https://www.sayzansha.com
日本語版デザイン	坂川事務所＋鳴川小夜子
組版	アジュール
印刷・製本	中央精版印刷株式会社

Published by Say-zan-sha Publications, Ltd.
ISBN 978-4-86389-907-0 Printed in Japan

本書の無断複写複製は著作権法により例外を除き禁じられています。
また、私的使用以外のいかなる電子的複写複製も認められておりません。
落丁・乱丁の場合はお取り替えいたします。

静山社文庫
ハリー・ポッターシリーズ
ハリー・ポッターと賢者の石

J.K. ローリング 作
松岡佑子 訳

意地悪な親せきの家の物置部屋に住む、やせた男の子、ハリー・ポッター。11歳の誕生日の夜、見知らぬ大男がハリーを迎えにきて――「ハリー、おまえは魔法使いだ」。世界が夢中になった冒険物語。シリーズ全20冊。

静山社文庫
ハリー・ポッターシリーズ
吟遊詩人
ビードルの物語

J.K. ローリング 作
松岡佑子 訳

魔法界で育った子ならだれもが知っている童話集が人間界に届きました。第7巻で重要な鍵を握るあのお話のほか、全部で5つの物語が楽しめます。それぞれのお話に寄せられたダンブルドア先生のメモもお楽しみに!

静山社文庫

ハリー・ポッターシリーズ
ハリー・ポッターと呪いの子
第一部 舞台脚本 愛蔵版

J.K. ローリング、ジョン・ティファニー、ジャック・ソーン 作

ジャック・ソーン 脚本

松岡佑子 訳

『ハリー・ポッターと死の秘宝』から19年が経ち、父親となったハリーが、次男のアルバスをホグワーツ魔法魔術学校へ送り出したその後の物語。本書は舞台脚本で、ジョン・ティファニーとジャック・ソーンの対話を収録。全2巻。

静山社文庫

ハリー・ポッターシリーズ
ハリー・ポッターと呪いの子
舞台脚本　東京版

J.K. ローリング、ジョン・ティファニー、ジャック・ソーン 原作

ジャック・ソーン 脚本

小田島恒志・小田島則子 訳

大好評につき公演延長が決定した舞台「ハリー・ポッターと呪いの子　東京公演」の舞台脚本を文庫版でお届けします！　ハリーとその息子たちが大活躍する冒険物語は、親子での観劇もおすすめです。

ハリー・ポッターと賢者の石
〈ミナリマ・デザイン版〉

J.K. ローリング 作
ミナリマ デザイン&イラスト
松岡佑子 訳

ハリー・ポッター映画のグラフィックデザインで知られるミナリマが、表紙・挿絵をすべて手掛けたシリーズ第1巻『賢者の石』が誕生！ ページをめくるごとにあらわれるカラフルでポップなイラストと8つの仕掛けが楽しめます。

ハリー・ポッターと呪いの子 舞台裏をめぐる旅
世界中を魅了する魔法界の名舞台実現までの道のり

ジョディ・レベンソン 作
宮川未葉 訳

トニー賞演劇作品賞はじめ主要な賞を多数受賞し、東京でも大ヒットを記録中の舞台「ハリー・ポッターと呪いの子」の公式の舞台裏取材本。日本語版の本書では、アジア初となる東京公演の舞台裏を独自取材した最終章を収録。

イッカボッグ

J.K.ローリング 作
松岡佑子 訳

イッカボッグという怪物の伝説とその真実、希望、友情の物語。人々はイッカボッグなんて、創られた伝説にすぎないと思っていたが、ある出来事をきっかけに、この伝説が利用されることに。ハリー・ポッターのJ.K.ローリング書き下ろし童話。

クリスマス・ピッグ

J.K.ローリング 作
ジム・フィールド 絵
松岡佑子 訳

クリスマスイブは、奇跡が起こり、あらゆるものに命が宿る日―ジャックとぬいぐるみは、魔法の旅をはじめます。失われたものを取り戻し、親友を見つけるために。J.K. ローリングが『ハリー・ポッター』のあとに初めて書いた児童書。